Toralf Sperschneider

Kleine Kreise

EGOismen

Episodenroman

Die Episoden und alle handelnden Personen dieses Romans sind frei erfunden. Jegliche Ähnlichkeit mit lebenden, toten oder getöteten Personen wären reiner Zufall oder Halluzination.

Für dieses Buch wurden keine Tiere gequält oder ihrer Art unentsprechend behandelt.

Impressum:
1.Auflage

www.toralf-sperschneider.de

Einbandgestaltung: Manuela Duppstedt, Aquarell, 2017
ISBN: 978-3-00-057518-1

„Das Leben besitzt einen erschreckenden Mangel an Takt. Seine Katastrophen ereignen sich auf unpassende Weise und treffen die falschen Leute.“

Oscar Wilde

„Wo ich mich eigentlich befinde,
ist in der Rinde dessen,
was mich eigentlich umgibt.“

Meinrad Jungblut

Für Helgard und Ulrich

EGO 1

Zwei Bilder haben sich ineinandergeschmiegt. Wir sind aus dem gleißenden Tageslicht des putzmunteren Vormittags in die Dämmerung eines kleinen Bahnhofes eingefahren. Die Zuginnenbeleuchtung wird aktiviert und flackert. Im Fenster erscheint mein verschwommenes Spiegelbild. Die Scheibe wird zur Grenzlinie der Innen- und Außenwelt des Zuges, in dem ich sitze.

Ich fahre eigentlich gerne Zug und kann, wenn ich nicht durch akustische Umweltverschmutzer gestört werde, so lange aus dem Fenster schauen, dass es fast meditativ wird. Seit ich die Fotografie für mich entdeckt habe, sehe ich die Welt um mich mit viel aufmerksameren Augen. Ein Fotograf ist „jemand, der mit Licht zeichnet", klingt richtig gut, hat mal einer so ähnlich in einem Film gesagt. Irgendwie sind meine Sinne für dieses Zeichnen oder Malen ständig auf Motivsuche. Immer wieder springt mein Blick, erfasst das nächste Bild, gleitet mit ihm ein wenig durch die vorbeisausende Welt und stolpert erneut in die Fahrtrichtung, bis aus dem fast unmerklichen Rhythmus fast ein Starren wird.

Aber nun verlangsamt sich die vorüberziehende Welt in meinem Zugfenster bei der Einfahrt mehr und mehr. Draußen am Bahnsteig und auch hier drinnen im Gang stehen die Leute Spalier, das monotone Zugfahrgeräusch wird leiser und das Gemurmel gewinnt die Überhand. Gleich wird es menschenlaut, gleich schwappt eine Welle Existenzen hinaus und eine andere wieder herein, um sich an den Ufern des Abteils breitzumachen. Kleine Lästigkeiten, die bald überstanden sind. Beim Zugfahren möchte ich Bilder und keine Töne. Deshalb nehme ich mir dabei ab und zu die Zeit, Löcher in die vom Fenster umrahmten Abbilder der Natur zu bohren. Die vielen Impulse setzen sich manchmal zu einem kleinen, flackernden Film zusammen, bei dem man nicht denken muss. Fast wie untermalendes Radiogedudel im Geräuschhintergrund.
Viele der Fensterbilder da draußen sind leider hässlich. Wenn es dafür einen Bilderarchitekten geben würde, wäre klar: Er hat sich oftmals keine Mühe gegeben. Wahrscheinlich ein Selbstständiger, der sich beim ausgeschriebenen Wettbewerb selber unterboten und damit herauskalkuliert hat. Und jetzt muss er sehen, was er mit den wenigen Mitteln, über die er verfügt, noch herausholen kann. Ich muss das dann leider auch. Den Auftraggebern ist so etwas wie immer egal. Bilder außerhalb des Zuges müssen einfach nur da sein, keine Qualitätskontrolle, nichts. Es darf einfach nicht nichts da sein. Das ärgert mich. Man hätte auch mit einem kleineren Budget und kreativem Sinn für die Umgebung mehr daraus machen können. Aber ich will nicht zu hart sein mit den Bil-

derarchitekten. Meistens können sie ja nichts dafür. Sie wollen auch nur überleben, mal ein eigenes Büro für Bilderbaukunst besitzen mit ein paar Angestellten und einer Sekretärin.
Einige wenige der gestaltenden Verantwortlichen aber sind wirkliche Ästheten. Ihre Produkte tun mir gut und berühren mich. Neben einem kompetenten Aufbau des Lebensfreiraumes mit abgewogenem Vorder-, Mittel- und Hintergrund wurden von ihnen beachtenswerte Farbkombinationen arrangiert. Diese Eindrücke dürften von mir aus länger bleiben, mir länger an der Netzhaut kleben, kein Problem. Aber auch ihre Halbwertszeit ist unter Durchreisebedingungen leider begrenzt.
Allen Eindrücken da draußen eigen ist jedoch die hervorragende Bildauflösung. Das muss man ihnen lassen. Gute Tiefenschärfe, solange mein Augenlicht es zulässt. Das hebt sie auch von dem halbseidenen Spiegelbild ab, welches sich auf der Fensterscheibe der Zuginnenseite abzeichnet. Deshalb liebe ich das da draußen tausendmal mehr. Klarheit und Schärfe haben mir schon immer viel bedeutet und ich beneide jeden, der keine Brille tragen muss. Ein stets klares Bild der Umgebung zu haben, ohne jedes Werkzeug oder Verstärker, ist ein Segen. Ich sehe mich wieder in der Scheibe an, sehe die Leute, die hereinkommen und den Zug mit sich vollmachen.
Vielleicht schaut ja aus mir selbst auch jemand heraus? Lustiger Gedanke. Mein Körper als Grenzlinie und der kleine Jemand wundert sich, was da draußen so los ist. Und er sieht auch das Spiegelbild seiner eigenen Grenze als Spiegelbild und immer so weiter.

Wie in der Geschichte, in der ein Mann ein Buch liest mit einer Geschichte, in der ein Mann ein Buch liest …

Als der Bahnsteig beginnt davonzufahren, verblasst auch meine schattenhafte Kopie in der Scheibe, beinahe bis zur Unkenntlichkeit. Der Bahnhof verschwindet, die Welt fährt munter und allmählich immer schneller wieder an mir vorbei, wie eine neue Haut, die sich über den Zug stülpt. Tunnel verschlucken und speien uns wieder aus. Zwischen bewaldeten Bergrücken spannen sich erhabene Brücken über den Tälern. Totale Ideenlosigkeit und größtmögliche Faszination der Reisebildlandschaften wechseln einander ab.

Wir durchfahren in den Schutzgassen mehrerer rotweißer Schranken ohne ungebetene Stillstände eine kleine Ortschaft. Hinter einer halb zerfallenen Fabrikhalle leuchtet allmählich näher kommend eine kräftig gelb getünchte Mauer auf. Mit geschwungenen Ornamenten verziert, kann ich im Vorüberfahren einen Graffiti-Schriftzug lesen, der sich mir wie ein wohl ausgesuchter Untertitel in meinen heutigen Erinnerungsfilm einprägt:

„Heut' ist ein zauberschöner Tag."

Klasse! Einfach auf den Punkt gebracht. Müsste man mal mit Licht zeichnen, hm, fotografieren. So schnell, wie dieses Bild kam, verlässt es leider meine Zugscheibe auch wieder und nach den letzten kleinen, immer spärlicher herumstehenden Häusern sehe ich einen Friedhof auf mich zukommen. Schon von Weitem sind die Grabsteine auszumachen, wie eine graubraun zusammengewürfelte Armee, die Spalier steht und die auf den Dornröschenkuss wartet. Sie haben keine Eile, vielleicht ist der Befehl zum Losschlagen noch gar nicht mit der Depesche gekommen. Da lauern sie, die steinernen Wächter, große und kleine, zeigen mir ihren Rücken und ihre Geduld. Während wir den Friedhof weiter passieren, wird zwischen den Gräbern ein farbiger Punkt sichtbar, eine Frau erhebt sich aus der Hocke. Da lebt was zwischen den Toten. Mit dem rechten Unterarm streicht sie sich das angegraute Haar aus der Stirn. Scheinbar sind ihre Hände schmutzig – vom Unkrautjäten oder Blumeneinpflanzen; sie wird ja wohl kein Urne ausbuddeln. Die Frau bleibt aufrecht stehen und lässt, den Handrücken als Sonnenschutz, ihren Blick in meine Richtung auf dem vorbeirasenden Zug ruhen. Ihr Gesicht bekommt einen kleinen Schatten, der ihr Augen und Nase bedeckt und unkenntlich macht. Ich spüre unsere kleine Verbindung, und obwohl sie mich sicherlich nicht einmal sehen kann, wird sie als lebendiger Angelpunkt, der das Leben an diesem Ort weiterträgt, zu meinem Bild des Tages.

EGO 2

Der Zehn-Uhr-Zug kommt drohend angerauscht und dröhnt mit seinem Gepolter für kurze Zeit durch meinen Kopf, wo doch hier auf dem Friedhof eigentlich alles durch eine Atmosphäre der Stille geprägt ist. Ich überlege, ob ich wie damals als kleines Mädchen mein Schicksal aus der Anzahl der Wagen lesen soll: *Glück, Pech, Post, Besuch* … Waggon für Waggon rasselt er vorbei und nimmt seine kleine stressige Unruhe wieder mit sich fort.

Ich freue mich jetzt schon auf die Stille, wenn er vorbeigefahren sein wird, die Stille, die mich hier so nah wie sonst nichts bei dir sein lässt. Blitzende Ausschnitte meines eigenen Hintergrundes spiegeln sich wie ein gleißender Stummfilm in den Zugfenstern und dann verschwindet das rasende Ungetüm, wird verschluckt in dem wiederkehrenden Geräusch des Windes und der Vögelchen um mich herum. Wenn Friedhöfe nicht einen so traurigen Hintergrund hätten, könnte man sie durchaus schön finden. Etwas zwischen der belebten und der unbelebten Natur. So nah wie hier kommt man diesem fast greifbaren Übergang wohl kaum an einem anderen Ort.

Warum mir noch immer dieser Kloß im Hals hängt, auch nach all der Zeit, die ich hierherkomme, um es dir ein wenig angenehm zu machen und um mich zu beruhigen, weiß ich nicht. Es gibt Phasen, in denen es mir gelingt, dass du aufhörst, ein Toter zu sein, du gewinnst wieder an Farbe und Greifbarkeit, als würdest du einfach nur in einer anderen Stadt leben. Das Tuch des Schmerzes, das über mir liegt, hat dann die Zeit einfach einen kurzen Moment lang weggezogen. An anderen Tagen hingegen erdrückt mich dieses Tuch wie eine schwere, nasse Decke, ist wieder uneingeschränkt präsent, und diese andere Stadt ist für mich nicht vorstellbar, nicht existent.

Daheim ist mittlerweile alles beängstigend normal ohne dich. Nach den kinderlosen Jahren deiner Kinder hast du sogar einen kleinen Enkel, dem wir nur noch von seinem Opa erzählen können oder ihm ein Foto zeigen, auf dem er einen Fremden sieht. Eine Erinnerung an dich, die für ihn keine Erinnerung birgt.
Selbst die letzten Gebrauchsgegenstände, die du noch irgendwie berührt oder benutzt hast, sind seit langem aufgebraucht. Manches habe ich weggeworfen und war froh, es endlich zu können. Erfolge des Loslassens. Ich habe nichts stehen lassen, keine Zahnbürste oder Rasierzeug, selbst bei der angefangenen Tafel Schokolade habe ich es damals nicht übers Herz gebracht, sie weiter aufzuessen. Was sollte ich mit deiner Brille, die auf kein anderes Auge passt, hinter der ich nur dein Gesicht sehe? Was mit deinen Schallplatten und CDs? Ich höre keine Musik, die vorprogrammiert ist und bei der ich dich genießend im Sessel sitzen sehe, eben deine Musik. Lieber lasse ich das Radio im Hintergrund laufen und summe ein bisschen bei dem Irgendetwas mit, was nicht uns, nicht zu uns gehört hat. Wenn ich Pech habe, findet das Radioteam trotzdem einen Weg, in meiner Trauer zu wühlen, und aus dem Lautsprecher singt Mr. Presley oder eine andere deiner musikalischen Liebschaften. Seit einer Weile gelingt es mir sogar, in einer solch beklemmenden Situation das Radio nicht auszuschalten, sondern das dumpfe Stechen, das diese Lieder auslösen, als angenehm zu empfinden, wie ein Geschenk, um dir wieder ein wenig näher zu sein. Ich bewege mich dann einfach nicht mehr weiter, egal, was ich im Haushalt

gerade mache. Ich stehe still, um den Augenblick nicht zu stören. Erst ab dem nächsten Stück oder der Stimme des Radiosprechers fährt mir wieder Leben in die Glieder und die Wirklichkeit kehrt zurück.

Als Kind habe ich mich immer gefragt, wenn ich mit meiner Großmutter auf den Friedhof ging, warum sie sich auch zwanzig Jahre nach Großvaters Tod am Ende des Besuches auf ihr Bänkchen setzte und sich Zeit zum Weinen nahm. Wie auf Knopfdruck konnte sie trauern. Mittlerweile beginne ich es zu verstehen. Einerseits haben die zwanzig Jahre nicht mehr die Dimension wie als Kind und andererseits ist der Augenblick deines Todes einfach mitgekommen. Er ließ sich nicht irgendwo in der Vergangenheit deponieren oder verschwand als kleiner Punkt am Horizont, sondern heftete sich ständig meiner Gegenwart an die Fersen. Es tut nicht mehr so weh, aber dieser Zeitpunkt ist klar und deutlich bei allem dabei, was immer ich auch tue.

Wenn ich daheim die ganzen Gartenwerkzeuge in den Korb lege, ist das völlig normal, es ist schon ein fester Bestandteil meines Alltags nach dir geworden. Keine Enge in der Brust, wenn ich die Gießkanne aus dem Keller hole, nicht einmal, wenn ich die Grabkerzen auspacke, die Streichhölzer in meine Jackentasche stecke und mir die alten Schuhe anziehe. Der kurze Weg hier herauf gehört nur mir. Wir beide mussten ihn nie zusammen gehen.

Die Pflänzchen in meinem Korb haben mich fragend angesehen, wo ihre neue Heimat sein wird – und ich habe gelächelt, als würde ich dich anlächeln, weil ich dir eine Freude machen kann. Natürlich mache ich

diese Freude eigentlich mir selbst, aber das Schöne daran ist, dass ich während all dieser Geschäftigkeiten sehr nahe bei dir bin. Mit jeder Bewegung, sogar beim Einkauf in der Gärtnerei, beim Aussuchen der Pflanzen, bin ich mit dir zusammen. Blumensprache, die keiner hören kann.
Und wenn ich dann den Friedhof betrete und mich die ersten Grabsteine begrüßen, von denen ich die eingemeißelten Namen mittlerweile auswendig weiß, überkommt es mich, das Alter der Toten nachzurechnen. Es ist unglaublich, wie jung viele waren, die hier liegen. Einige kenne ich noch aus meiner Kindheit und Jugend. Damals waren sie für mich Erwachsene, zu denen man aufschaute oder über die man sich lustig machte. Die Alten kamen einem zu jener Zeit noch wirklich alt vor, zumal sie nicht nur ihren Charakter, sondern auch ihre Lebenslenze entsprechend textil ausstaffierten. Ohne auch nur ansatzweise das Gefühl zu haben, zu sein wie sie, habe ich sie längst überrundet. Die Toten und die Grabsteine hier überall sind wie stehengebliebene Uhren. Meine Zeit darf weiterlaufen, wie ich, jedes Mal, bis ich hier bei dir bin.
Die immer gleichen letzten Meter, vorbei an den Hecken wilden Weines, das Einbiegen in deine Gasse, das wie magnetisierte Zusteuern auf deine letzte Bleibe. Dann das Unbegreifliche: Dein Name im Stein, der die Vergangenheit wie eine Flutwelle über mich hereinbrechen lässt, immer neu, mit dem die Beklemmung hinauf zu meinem Hals schleicht, wenn ich die eingravierten Buchstaben lese. Deshalb sehe ich jedes Mal nur kurz hin, ein schnelles Blin-

zeln. Dann rasch wieder wegschauen, wie früher bei der Klassenarbeit. Keiner hat ihn gesehen, meinen riskanten Blick in die Unfassbarkeit. Doch ganz leise kommt es wieder näher, das Ticken der Uhren, die auf JETZT zeigen. Hoffnung ist wie eine Erinnerung in die Zukunft.
Mit der Arbeit an deinem kleinen Beet entkrampfe ich, die Freude, die stille Freude kommt zu mir, weil ich etwas für dich tun kann. Ich bin ein bisschen stolz, die Blumen sehen sehr hübsch aus in ihrer feuchten Erde und werden sich bald wohl fühlen bei den anderen Pflanzen. Meine Hände sind schwarz von dieser Erde und ich greife in die Gießkanne, um sie abzuspülen. Der Schmutz löst sich und verteilt sich in kleinen Wölkchen im Wasser. Ich gieße das Beet und lasse dir so deine Erde hier, wo sie war. Ich will sie nicht mit heimnehmen und sie gehört dort nicht in den Abfluss, sie gehört hierher und ich nach Hause in meinen Alltag, der wieder ein bisschen normaler geworden ist, wieder mir gehört. Bin ich eine Verliererin, weil ich etwas, weil ich dich verloren habe?
Gleich meiner Großmutter setze ich mich wie jedes Mal, wenn ich bei dir bin, zum Abschluss auf das kleine weiße Bänkchen am Grab, ein intensives Bei-dir-Sein, eine Rückkehr zu den Zeiten, durch die wir gemeinsam gegangen sind.
Dein Notizbüchlein. Ich krame es aus dem Korb und blättere wahllos darin herum, schlage es dann an einer Stelle auf und beginne deine Worte zu lesen. Vielleicht suche ich in diesen Texten auch heute noch nach Antworten, obwohl mir dazu nicht einmal die Frage so recht in den Sinn kommen will. Die Polizei

und die Staatsanwaltschaft glaubten jedoch damals, darin alle nötigen Hinweise gefunden zu haben. „*Wintersonnenwende*", lese ich mir leise vor. Ich mag diese surrealen Gedankenwelten. Nicht zuletzt deshalb, weil du sie geliebt hast. Deine Fluchten in die traumhaften Verfremdungen, deine poetischen Collagen aufeinandertreffender Unwirklichkeiten haben dir immer etwas Wunderbares in die Normalität gebettet. Und doch hätte ich an phantastischen, absurden Texten wie diesem deine lebensverachtende Sehnsucht erkennen müssen.

„Mein Gesicht sank langsam immer tiefer in den weichen Schnee und allmählich verdichtete sich das weiße Meer unter mir und wurde zu einer Barriere. Irgendwo weit, weit entfernt riss der Horizont an einer kleinen Stelle auf, zwischen Himmel und Erde öffnete sich ein schlanker Spalt wie ein horizontaler Vorhang. Durch diesen hervorquellenden Fetzen Licht erblickte ich undeutlich und verschwommen eine Bewegung, die sich schärfer werdend von ihrem Hintergrund abhob. Sanft und geschmeidig schien mir das Gesehene von einer Haltung in die nächste hineinzugleiten, jedoch ohne System, ohne Rhythmus und ohne sich preiszugeben. Und mit einem Male begannen sich um mich herum die längst gefallenen Schneeflocken wieder vom Boden zu lösen, aufzusteigen, erst ganz sacht und dann durchmischt zu einem feinen Glitzern, einem Gewebe aus Licht und Kristallen. Jeglicher Halt in ihrer vereinenden Schneedecke ging ihnen verloren, sie drängten auseinander und schwebten lautlos hinauf in den Himmel. Es war still, ja feierlich, um mich herum wurde es leerer und weit oben sah ich die kleinen Geister im Nichts verschwinden.

Der Riss im Horizont war gigantisch geworden, eine Trennlinie war nicht mehr auszumachen und alles schien zu einer großen Einsamkeit zu werden. Die Bewegung zwischen den Blättern des Himmels und der Erde war zu einer verträumten Melodie herangewachsen, alles in sich aufnehmend, sie schwoll an und flaute ab, tastete sich mit einem sanften, leisen Säuseln in neue Gebiete hinein, kleinen blumigen Tentakeln gleich, um wenig später mit ihnen zu verschmelzen. Ein Lächeln füllte mich aus, warme Zufriedenheit glitt in alle Regionen meines Körpers und voller erwartender Stille bereitete ich mich auf die Ankunft des alles aufnehmenden, göttlichen Traumes vor, fühlte mich verlobt mit allem Kommenden, Vorhandenen und Werdenden, um eins zu sein ohne Zerrissenheit, sondern in gütiger Vollkommenheit.“

Das Aufeinanderfolgen deiner halluzinationsartigen Bilder ruft die Trauer in mir wach. Meine Zähne graben sich zitternd von innen in das Fleisch meiner Lippen. Eine Träne schafft es, klatschend auf die Buchseite niederzuregnen und wird gierig aufgesaugt. Zwischen den Buchstaben breitet sich das Augenwasser aus, ein kleines Gebiet gewellten Papiers zurücklassend. Noch mit unscharfem, tränengetrübtem Blick, der sich quälend abwendet, schlage ich rasch das Buch zu und fange sie ein. Vielleicht ist sie beim nächsten Mal noch da, als kleiner, salziger Fleck und Zeichen jüngster Vergangenheit.
Ein kleines Kreuz male ich mit den Fingern zum Abschied auf den Stein über deiner Urne und breche auf mit leichterem Gepäck. Diese Leichtigkeit nach meinen Besuchen bei dir tut gut, hilft mir, bis ich dir, oder besser gesagt uns, die nächste Freude machen kann. Wenn man seine Toten aufsucht, besucht man

sich ja doch meistens nur selbst. Beim Laufen über die Stufen und knirschenden Kieswege des Friedhofes blicke ich an mir herunter. Ich sehe die beiden Füße am Ende meiner Beine in den Schuhen wie automatisiert zwischen der leeren Gießkanne und dem Picknickkorb, der jetzt die Gartenwerkzeuge beherbergt, funktionieren und kann kaum glauben, dass sie mich damals überhaupt getragen haben. Leidtragende …
Wie eine tief verwurzelte Erinnerung kann ich das Gefühl noch immer heraufbeschwören, diese Weichheit, dieses wellenartige Davongleiten meiner Muskelspannung in den Oberschenkeln, als ich damals unangemeldet bei dem beauftragten Gerichtsmediziner ins Zimmer eintrat, um für die Versicherung die Informationen rund um den Verlauf deiner letzten Reise zu bekommen. Sein Büro war mit großen, dunklen Holzregalen austapeziert, aus denen mich unzählige Buchrücken anstarrten. Trotz der weiten, hellen Fenster fühlte ich mich durch sie klein und bedrängt. Ich nahm auf dem angebotenen Stuhl vor dem Schreibtisch Platz, auf welchem sich neben dem Detektiv der Todesursachen geweihartig ein Mikroskop verzweigte.
Ich saß da wie unter einer Dunsthaube, sah Lippen eines freundlichen, sachlichen Mundes, der mir erläuterte, an welcher Stelle das Sportgerät in dich eindrang, was es alles durchbohrte und zerfetzte, bis es sich wieder außerhalb deines Körpers zeigte, und warum du es hättest niemals schaffen können, beim besten Willen nicht. Ich saß diesem Menschen gegenüber, der mir die letzten Noten der Sinfonie vom skurrilen Ende deines Lebens vorlas, dessen Kompo-

nist das Schicksal oder Gott oder was weiß ich wer gewesen ist. Ich spürte die Gratwanderung zwischen der Sachlichkeit seiner Arbeit und einem Mitleid, das er nach meinem Besuch schnell wieder ablegen würde.
Ich starrte und nickte zu dem Arzt hinüber, der mein Ein und Alles nach mir das letzte Mal sehen oder vielmehr berühren durfte. Mir drängte sich plötzlich dieser widerliche Gedanken auf, dass er mit seinen Händen nicht nur an, sondern auch in dir gewesen war, als er das Todbringende vor sich sah. Eine widerliche Intimität, die kein Liebender je ertragen kann. Diese Hände, die jetzt mit ihren Gesten halfen, zu erklären. Gequält und in der Realität gefangen, lauschte ich seinen Ausführungen. Doch nun flehte ich ihrem Ende entgegen. Fragen? Fragen hatte ich keine mehr, nein. ‚Bitte keine Fragen mehr stellen, ihr dumpfen Gedanken!‘, hörte ich in meinem Innersten einen Befehl brüllen. Ich spürte, wie ich meinen Körper sitzen ließ. Die Fleisch-Knochen-Hülle um mich herum wurde schlagartig so unerhört schwer, zu schwer, sodass ich sie mit starrem Blick im Zimmer zurückließ. Ein beinahe schwereloser Teil von mir erhob sich und ging, ging vorbei an den erdrückenden Bücherwänden, an einem zweiten Schreibtisch, von dem aus mich das Foto der glücklichen, vollkommenen Familie des Arztes verspottete. Nur nachhallend fühlte ich noch das Gewicht meiner Hülle, während ein fernes Flimmern in Händen und Füßen meinen heimlichen Auszug begleitete.
Draußen vor der Tür endete die Trennung. Mein Blick lockerte sich, ich spürte ein dämmerndes Erwa-

chen und trat wieder zurück in mich ein. Trotz meiner Trauer habe ich damals gelächelt. Es ist schon verrückt, was man sich so alles einbilden kann.

EGO 3

Die Tür fällt ins Schloss. Endlich Stille. Ich verharre im Raum. Ich hasse diese Monologe mit Angehörigen, nach denen man sich so schlecht wieder auf die Alltäglichkeiten hier im Büro besinnen kann. Für mich ganz klar einer der Gründe, warum ich so ungern Fälle aus der Gerichtsmedizin übernehme: Man wird häufig viel zu tief in diese bedrückenden Milieus, diese soziale Unterwelt hineingezogen. Mord, Selbstmord, Drogen, Vergewaltigung. Da ist man doch lieber Pathologe und flieht schon bei der Berufswahl vorausschauend vor dem Patientenkontakt. Aber mit solchen Gesprächen schnappt dich das Schicksal immer wieder. Ich für mich hätte so was nie gewollt beziehungsweise gekonnt, was diese Frau da gerade über sich hat ergehen lassen, zumal der Fall ja auch schon über ein Jahr her ist.
Ist es denn nicht genug damit, dass ihr Mann tot ist, verschwunden, raus aus ihrem und auch aus seinem eigenen Leben? Nach so einer Zeitspanne all das wieder aufzuwühlen. Echt mal, was für eine Sauerei von Versicherung, den Fall noch einmal so aufzurollen und sie damit zu konfrontieren wegen des Autopsieberichtes. Aber klar, die zahlen nicht bei Selbstmord.

Oder war dieses vorhin von ihr eingeforderte Gespräch nur ein verdeckter Vorwand? Ich hab zumindest bis jetzt von keiner Versicherung ein offizielles Schreiben erhalten. Ich werde das Gefühl nicht los, dass sie, mal abgesehen von ihrem eigentlichen Grund zu kommen, mich kennenlernen wollte. Den Typen, der ihren Mann noch mal untersucht, berührt, ja aufgeschnitten hat. Obwohl, nein, das ist Blödsinn. Aber was erwartete sie eigentlich von diesem Gespräch? Angeblich wollte sie nur den Bericht abholen.
Bei normalen Todesursachen kann ich ja noch verstehen, dass man noch einmal drüber reden will, warum derjenige verstorben ist. Aber hier? Unnatürlicher Tod durch Fremdeinwirkung. Punkt.
Ob das ein Selbstmord war, kann ich nicht beantworten. Das müssen andere klären. Und wenn, finden sich in keiner Leiche Gründe, warum sich ein Leben nicht mehr gelohnt hat. Sie kennt sie vielleicht. Ihm selbst haben sie dann die Entschlossenheit für seine eigene Zerstörung gegeben. Zumindest glaubte die Staatsanwaltschaft das, wenn ich mich recht erinnere.
Ich nehme das kleine Standbild meiner Familie in die Hand und blicke in die fröhlichen Augen meiner Kinder und meiner Frau. So sehen sie alle längst nicht mehr aus; sind nicht mehr die auf dem Foto. Keiner von ihnen, nicht einmal ich. Wenn man jetzt darüberstreicht, ist nur kaltes Glas da. Als die Kinder noch klein waren, hab ich andere Dinge gefühlt. Jetzt bin ich froh, wenn sie mal vorbeikommen, zumindest meine kleine Journalistin. Der Große lässt sich fast gar nicht mehr blicken.

An meinem Mikroskop sitzend, brauche ich nach diesem aufreibenden Intermezzo eine Weile, um mich wieder in meine Arbeit einzufinden. Ich muss schleunigst beginnen, meine Patientenfälle auf dem Schreibtisch werden nicht weniger. Die Uhr auf dem Bildschirmschoner zeigt noch eine gute Stunde bis zum Mittagessen. Ich nehme das obenauf liegende Formular vom Stapel und überfliege kurz die klinischen Angaben meines folgenden Patienten. Er wohnt nur unweit von meiner Tochter entfernt, auch in der Zweierstraße, wie ich dem Einsendezettel entnehmen kann. Die schlimmen Diagnosen schlagen nicht nur altersmäßig immer öfter in meiner Nähe ein, schießt es mir durch den Kopf, sondern sogar schon in Umgebung meiner mittlerweile erwachsenen Kinder. Da kann man ein Schaudern kaum unterdrücken.
Aber ich verdränge den Gedanken, beuge mich über mein Mikroskop und wieder eröffnet sich mir diese Wunderwelt einer Mikroanatomie, die dem normalen Auge verborgen bleibt. Unnatürlich farbenfrohe Gewebestücke schlummern auf Glas gebannt und geben mir Einblick in das Schicksal des dazugehörenden Menschen. Meine Diagnosen können ein schriftliches Todesurteil sein. „Ich verurteile Sie zum Tode durch …“ Das schlimme Wort mit K. Doch das bestimme ich nicht, ich kenne den Menschen gar nicht, kann nichts dafür, bin nur der Bote. In ungünstigeren Zeiten hat man den Überbringer der schlechten Nachricht niedergestreckt – ich hätte mit meiner heutigen Arbeit damals wohl eine schlechte Prognose gehabt. Aber heute und hier in meinem Büro bin ich

sicher; hinter dieser Tür, durch die jene Angehörige, Hinterbliebene gerade verschwunden ist.
Ich schiebe die gläsernen Objektträger des neuen Falles unter meinem Mikroskop umher, vergrößere das Bild – stoße hinab – und bekomme bald eine umrissene Klarheit über ein Schicksal. Mit dem Wissen um diese Diagnose schleicht sich wieder eine unangenehme, ja unheimliche Nähe ein. Ich bin mir mehr über das Schicksal des Patienten im Klaren als er selbst. Ist leider so. Er kann seinen Körper zwar viel fragen, eine Antwort bekommt er aber nicht. Ich ahne zum jetzigen Zeitpunkt mehr bzw. Wichtigeres über ihn als zum Beispiel seine Frau, falls er eine hat, oder seine Kinder. Eltern sorgen sich sicher auch noch um ihn. Sie alle warten und hoffen auf das Mögliche oder Unmögliche. Ich denke einmal mehr an Genazinos Satz von der Hoffnung, die eine Hure ist und die man trotzdem lieben muss.
Mein Beruf hat wieder einmal diesen militärischen Beigeschmack. Ich sitze mit einer ledernen Fliegerkappe und einer großen Fliegerbrille auf der Nase in einem alten Kriegsbomber, einer Propellermaschine, die Hände fest am Steuerknüppel. Das erhebende Gefühl des Fluges stillt nie wirklich meine Faszination. Unter mir eine atemberaubende Landschaft, Wälder, Wiesen und Felder im Karomuster, wie mit dem Lineal gezogen. Ab und zu mäandert ein Fluss durch diese anorganische Ordnung. Der Schatten meines Flugzeuges gleitet verzerrt am Boden entlang. Doch dann nähere ich mich meinem Ziel, um meinen Auftrag auszuführen, meine Pflicht, komme, was da wolle. Ich ziehe den Hebel und entsichere. Per

Knopfdruck öffnen sich die Bodenluken, Bomben lösen sich und beginnen ihre tödliche Reise. Sie stellen die kurze Verbindung zwischen meinem Schicksal und dem des erfassten Zieles her. Ich aber fliege mein Leben weiter, während irgendwo unter mir schon innerhalb kurzer Zeit vielleicht eines zu Ende gehen wird. Und ich weiß bereits vor den Betroffenen, was da auf sie zurast. Meine vernichtende Diagnose wird einschlagen wie diese Bombe, wird das Leben derer da unten mit einem Schlag verändern und vielleicht auslöschen, ganz einfach so um halb vier an einem Mittwochnachmittag. Und dann kommt der ganz große Unterschied zwischen meinem und ihrem Schicksal: Wissen und Glaube.
Aber zurück zu meinem Fall. Dieser Patient hier hat wirklich Glück gehabt. Die Patientenakte im Computersystem gibt einen „Rundherd als Zufallsbefund nach Routinekontrolle bei Verkehrsunfall" an. „Keinerlei Risikofaktoren, absoluter Nichtraucher, Topsportler. Ein Zehnkämpfer." Wenn das mal kein Risiko ist.
So unglaublich es klingen mag, er ist, wie ich in der Anamnese lese, von einem Auto gestreift und zu Fall gebracht worden. Fahrradfahrer ziehen einfach immer den Kürzeren. Später im Krankenhaus wurde wahrscheinlich ein obligatorisches Röntgenbild angefertigt und der Tumor in seiner Lunge entdeckt. Jetzt fühle ich mich auch mal gut, denn ich muss diesmal keinen tödlichen Hebel ziehen, keinen Bombenknopf drücken, und ich weiß schon jetzt: Er kommt mit dem Schrecken der Operation davon, braucht wahrschein-

lich noch nicht mal ’ne Chemo. Auch eine Form von Glück. Wie das Fliegen …
Mein vor Nüchternheit seufzender Magen durchbricht die Stille. Ich arbeite zügig weiter, schließe meine Diktate ab, damit auch die Fingerspitzen der Sekretärinnen endlich loshämmern können.
Ich werfe einen kurzen Blick durch mein sonnendurchflutetes Bürofenster. Draußen ist es herrlich. Es tut so gut, hinauszuschweifen und den dunklen, hohen Bücherregalen oder den sattfarbigen, fast anstrengenden mikroskopischen Bildern mit einem Blick in die Ferne zu entfliehen. Balsam für die Augen.
Der tiefblaue Himmel ist von weißen Kerosinspuren zahlreicher Flugzeuge durchpflügt. Irgendwo zwischen den sich bereits wolkig auflösenden und allmählich verdämmernden Kondensstreifen erkämpft sich ein Neuankömmling seine Bahn und ich kann weit dort oben die Form des Flugzeuges ausmachen, das gleich den Himmel erneut zerteilen wird.
Ich stehe auf, strecke mich und öffne das Fenster. Herrlich lungenentfaltend strömt ein frischer Luftzug durch meine weit geöffneten Nasenflügel. Diese Komposition erzeugt in mir ein sehnsüchtiges Freiheitsgefühl, obwohl ich nicht gerne fliege und weiß, dass ich mich da oben in so einer Passagiermaschine eingeengt und unsicher fühlen würde.

EGO 4

Rein statistisch geschehen die meisten Flugzeugunglücke in den ersten zehn Minuten nach dem Start beziehungsweise den letzten vor der Landung. Das sind auch meistens meine sehr aufmerksamen, ja misstrauischen Augenblicke in einem Flugzeug, kurz unterbrochen von dem Schlucken oder Gähnen, das ich zum Druckausgleich benötige. Am Fenster, einem dieser vielen Augen unseres Vogels, rauscht volle Fahrt die Startbahn an uns vorbei.

Die bauchigen Plastikverkleidungen des Kabinenraumes federn klappernd mit der zunehmenden Geschwindigkeit. Bei jedem Blick nach oben glotzen stur die kleinen LED-Lämpchen für das Nichtrauchen und das Angeschnalltsein zurück. Eine nicht zu benennende Angst unterstützt das Druckgefühl der Geschwindigkeit auf meiner Brust.

In der Reihe neben mir sitzt ein Mann direkt zum Gang hin. Fast der ganze Rest seiner fünfköpfigen Familie hat sich auf die andere Gangseite verteilt, nur seine mittelgroße Tochter hat direkt vor ihm Platz genommen. Im zunehmenden Lärm der Düsen bricht das Zittern der Gepäckstauräume jäh ab, wir lösen uns vom Boden und ich sehe den Arm des Kindes suchend nach hinten gleiten. Der Vater findet die Hand der Tochter. Mut, Angst oder beides fließt zwischen den beiden, nur in welche Richtung, von wo nach wo?

Wenn man das meiste, was bei einem Flug nicht klappen könnte, als Unglück bezeichnet, dann habe ich bisher eigentlich Glück gehabt. Ich darf es so nennen, obwohl ich nicht sicher sagen kann, was genau das ist. In steilem Winkel zeigt der Flügel unseres Flugzeuges über den Horizont hinaus. Dann ist da nur noch das leere Blau des Himmels. Gleich habe ich auch die ersten gefährlichen zehn Minuten hinter mir. Es ist nichts passiert. Nun beginnt das Warten auf die zweiten. Irgendwo zwischen den wandernden Zeigern im Zifferblatt dämmere ich weg, gelegentlich von einem Unbehagen geweckt, da irgendein Körperteil von mir wirklich eingeschlafen ist.

Viel später, in der Stille des monotonen Dröhnens, in der unsere Maschine dahingleitet, werde ich wach. Dunkelheit ist in jeden Winkel gekrochen und wird von wenigen winzigen Lichtern durchsiebt. Der Druck in der Kabine ist normal, der in meiner Blase nicht. Nach der Erlösung im Raumwunder Flugzeugtoilette nehme ich wieder Platz, finde aber keinen Schlaf mehr. Eine freundliche Stewardess, deren Mundpartie sich nebenberuflich selbst bei diesen Lichtverhältnissen als die einer Zahnarztfrau im Werbefernsehen vermarkten ließe, bemerkt meine Unruhe und beugt sich flüsternd fragend über mich. Ich lehne mich zurück und sehe sie an.

„Ganz ehrlich?“, frage ich leise. Im Halbdunkel löst sich ein Schmunzeln von ihren Lippen.

„Ganz ehrlich!“, erwidert sie nickend. Und dann wage ich es und winke erneut ihr Ohr heran. „Wissen Sie“, flüstere ich ihr zu, „ich würde für mein Leben gern einmal, ein einziges Mal einen Sonnenaufgang im Cockpit eines Fliegers erleben dürfen!“ Ein „Oh?!“ macht mindestens die Hälfte meiner Hoffnungen zunichte. Sie verschwindet.

Als sie eine halbe Stunde später wieder erscheint, und als Erscheinung darf man diese Dame durchaus bezeichnen, überblickt sie kurz die schnarchschlafende Passagiermasse und winkt mich heran. Ungläubig erhebe ich mich und folge ihr.
Was ich dann erleben darf, übertrifft viele meiner Vorstellungen, wie auch die, dass so etwas nach den Sicherheitsrichtlinien eigentlich nicht möglich ist. Man bietet mir im Cockpit einen Rettungsklappstuhl in der zweiten Reihe an und weist mich darauf hin, dass ich hier die nächsten fünfzehn bis zwanzig Minuten geduldet bin. Bunte Kontrollleuchten und Messanzeiger funkeln auf dem gewaltigen Armaturenbrett. Hier vorne ist man richtig beim Fliegen dabei, in der Kabine bekommt man im Gegensatz dazu kaum etwas mit. Was mir ja auch nicht unrecht ist. Hinter den Fensterscheiben liegt die Nacht noch immer von ihrer vollen Betriebsamkeit, dunkel und klar. Schön ist, dass es ab einer bestimmten Höhe nur noch tolles Wetter gibt, oder besser: gar kein Wetter, einfach nur noch Tag oder Nacht.
Und dann rasen wir unaufhaltsam aufeinander zu, der Morgen aus seinem Osten und ich in meinem Langstreckenflugzeug. Wir treffen uns in einer Farbenpracht, die es mit jedem Regenbogen aufnehmen kann und die, ohne sich allzu lange in den kühlen Spektren aufzuhalten, bald in einer gleißenden Röte, die alles in sich verschlingt, zerfließt. Pure Schönheit. Schwerfällig steigt am Horizont der Feuerball empor und verzaubert alles in der Pilotenkabine zu einer Silhouette.

Als ich von der Stewardess wieder zurück an meinen Platz geführt werde, ist mir, als sei das alles nur ein Traum gewesen. Ein Traum, von dem ich jetzt, obwohl sich das Tageslicht durch die ersten ovalen Fensterklappen schleicht, in einen neuen, anderen hinübergleite.

Dass ich den Schlaf doch wieder gefunden habe, bemerke ich erst, als ich aufwache. Mein Körper fühlt sich an, als stecke er in einem Altersimitationsanzug. Es ist eine der kleinen Gemeinheiten von Mittel- und Langstreckenflügen: das häufig unausgewogene Verhältnis von Sitzgröße zu Passagier. Große Menschen sollten im Flieger wegen des herabgesetzten Komforts einfach weniger zahlen müssen. Meinetwegen können dann die Kleinen zum Beispiel bei Rockkonzerten einen besseren Preis bekommen, wenn wir Großen unseren Vorteil ausspielen und über alles hinwegsehen können, während den anderen jeglicher Sichtkontakt zur Bühne fehlt und sie dafür auch noch die schlechte, hüftnahe Luft einatmen müssen.

Mit einiger Mühe gelingt mir das Wiederbeleben eingeschlafener Körperteile. Der Kapitän verspricht einen baldigen Landeanflug und durch die ovalen Fenster, von denen einige die Lider noch schlaftrunken auf halber Höhe tragen, kann man erkennen, dass er seinen Plan in die Tat umsetzt. Kleine Turbulenzen beim Verlassen der Reisehöhe verstärken meinen Wachzustand. Die zweiten zehn Minuten sind angebrochen, fast ohne dass ich etwas davon bemerkt habe. Vorne im Cockpit sorgt der Pilot dafür, dass die Erde in einem sicherheitsvermittelnden Winkel unaufhaltsam auf uns zurast. Die kleinen

Beben in der Kabine werden nun weitaus sensibler wahrgenommen, sowohl von mir als auch von den anderen Passagieren. Ich sehe wieder Hände zu Händen wandern, diesmal kürzere Druckspendephasen, das Schlimmste scheint geschafft. Wer nimmt meine Hand?
Ich schließe die Augen und versuche mit großer Feinfühligkeit während des Landevorganges den ersten Bodenkontakt der Räder wahrzunehmen, als könnte ich sensible Nervenenden dort hinablassen. Aber der Pilot versteht sein Handwerk. Nicht viele der Passagiere geben mit ihrer Mimik zu, dass auch sie entkrampfen. Die Familie vor und neben mir sieht sich mit unhörbarem Aufatmen lächelnd an und wenig später erfasst die Unruhe des Ankommens die meisten Passagiere. Als die Maschine zum völligen Stillstand gekommen ist, legen die Flugbegleiter brav ein persönliches Schalterchen für ihr Dauergrinsen um. Meine Lieblingsstewardess verweigert mir jeglichen Blickkontakt. Überall klappen federnd die großen Mäuler der Gepäckablagen auf.
Ich stelle mich, nachdem ich ihnen mein Hab und Gut entrissen habe, in die zäh fließende Masse und bewege mich schleichend mit den anderen in Richtung Ausgang. Die Ruhe der Maschine in der Unruhe der Fluggäste tut trotzdem irgendwie gut. In der Business Class lockert sich der Raum und ich habe die Möglichkeit, die aufgeschlagene Seite der Illustriertenbeilage eines ehemaligen Elitepassagiers begutachten zu können, der statusgemäß längst aus der Kabine entschwunden ist.

Der Artikel zeigt einen Jahresrückblick über ungewöhnliche Todesarten, sogar mit einem Ranking. Ganz schön krank. Unter einem farbigen, von großen und fetten Buchstaben gekrönten Foto wird im ersten Abschnitt überzogen von einem tragischen Sportunfall mit Todesfolge berichtet. Ich neige den Kopf etwas zur Seite und ertappe mich beim genaueren Hinsehen. Jetzt hat mich dieses Wurstblatt mit seiner Schauermeldung von fraglichem Wahrheitsgehalt doch noch in seinen Bann gezogen. Ich ärgere mich über mich selbst. Trotzdem greife ich mir die Seite und nutze die Zeit bis zum Erreichen der vordersten Sitzreihen. Lesend schaukele ich so allmählich weiter nach vorne in Richtung der Flugbegrinserinnen, die sich jede persönliche Mimik abtrainiert haben.
Schwer ernst zu nehmen wie so vieles, was diese Kategorie Journalismus anbietet, scheint der Protagonist dieser Tragödie doch tatsächlich bei einem Leichtathletikwettkampf absichtlich in einen fliegenden Speer gerannt zu sein. Leg das schnell weg, denke ich bei mir, sonst glaubst du diesen Müll noch. Doch ich beginne ihn nicht zu glauben, sondern darüber nachzudenken. Wahrscheinlich hat er dem Werfer noch seinen Rekord geklaut mit dieser Tat. Und ihn obendrein zum Mörder gemacht. Zum Selbstmördermörder, gewissermaßen.
Sport ist Mord – wie sich solche Wirtshausparolen doch manchmal bewahrheiten. Und auf was für hirnlose Ideen diese Lebensverachter kommen, unglaublich! Wenn der Prophet nicht zum Berg kommt … Aber wer ist dann eigentlich das Opfer, wer der

Täter? Das dürfte das juristische Einsatzkommando wohl ein wenig beschäftigt haben.
Weiter komme ich mit meiner Schmökerei nicht. Verächtlich, aber trotzdem ein wenig dankbar für diese kurzweiligen zehn Meter, lege ich das Altpapier in Reihe eins wieder ab und genieße kurz vor dem Ausgang die erschöpften Mundwinkel der Stewardessen, die sich wie immer auf ein Wiedersehen mit mir und ihrem Arbeitgeber freuen. Einen letzter ungläubiger Blick ins Cockpit streift zwischen den Rücken der Piloten die fast erloschenen Armaturen, den hochgekappten Rettungssitz und ganz normales Tageslicht, welches mir den Glauben an das Erlebte in die Ferne rücken lässt, an meinen Flug durch die Schichten des Himmels, den Horizont von Tag und Nacht. Mit dem Airport-Flugzeug-Staubsauger, der an der vorderen Kabinentür angedockt und die Passagiere langsam ins Flughafengebäude saugt, verlasse auch ich die Maschine.
Spätherbstliches Novemberlicht fällt bereits schräg durch die Fensterfronten des Flughafengebäudes und kündet vom herannahenden Nachmittag. Das warme Strahlen macht mir klar, wie sehr ich schon unterbewusst auf das Betreten des Festlands gewartet habe. Ich atme tief ein, doch es wird noch ein Weilchen dauern, bis ich die ganze künstliche und klimatisierte Luft des Fliegers und des Flughafengebäudes loswerden kann.
Ich winke eines der Taxis heran, die brav in einer Reihe auf ihre Bemannung warten. Ausnahmsweise nehme ich vorne Platz. Sonst schätze ich die Distanz gegenüber dem Fahrer, der mich in Ruhe lassen,

fahren und nicht unterhalten soll. Vielleicht will ich jetzt einfach noch mal das Cockpitgefühl. Auf einem Geldschein habe ich mir in einer unruhigen Minute, da nichts anderes zur Hand war, kurz die Adressnotiz gemacht und gebe dem Fahrer nun das Ziel meiner Reise durch.

Als wir endlich die sterilen Fänge der Flughafenlandschaft verlassen haben und über die Landstraßen gleiten, werfen die Bäume der Alleen bereits lange Schatten wie Zebramuster auf den Asphalt und mir ist, als streife ich über einen riesigen Strichcode, immer wieder flackern Baum, Sonne, Baum, Sonne, dick, dünn, hell, matt, dunkel wie Schattengewitter an mir vorbei. Ich kann sie erfühlen, Schatten für Schatten, kleine schmerzlose Schläge des Nichtlichts, die mich berühren. Die breite Motorhaube verschlingt mit ihrem unbändigen Hunger die Streifen der Straßenmarkierung. Der Taxifahrer fährt einen flotten Reifen, ich sage nichts, halte mich jedoch sicherheitshalber am Türgriff fest. Am Rückspiegel baumelt ein Holzkreuz an einer Kette in kaum merklichen Pendelbewegungen.

Im Autoradio läuft ein altes, eingängiges Lied. Schon seit Jahren ist es leider, nach tausendmaliger Wiedergabe in den Abspielschlaufen der Sender, zu Kitsch verkommen und bei einer Generation nach mir wird es allenfalls noch in einer Oldiesammlung Platz finden. Aber heute und jetzt, in meiner kleinen Erschöpfung nach dem Flug klingt es wunderbar wiegend. Ich kenne jede Note, jede Textzeile und meine Gedanken fliegen los, um eine Erinnerung auszumachen, von

der ich höchstens noch das Gefühl mit diesem Lied verbinde.
Doch allmählich, mit jeder Strophe, erwacht ein weiteres der alten Bilder vor mir. Vor meinem inneren Auge taucht eine große, bunt beleuchtete Halle mit hunderten energiestrotzender junger Menschen auf, welche sich rhythmisch im Strom der Musik bei pulsierendem Licht bewegen. Dann passiert etwas, das es heute nicht mehr gibt. Diese wunderbare Annäherung am Ende jeder Tanzveranstaltung, die langsame Runde, für die wir schon lange vorher mit Spannung und Vorfreude ein Mädchen auserkoren haben in der Hoffnung, der Erste an ihrer Hand zu sein. Es ertönen die ersten Takte des Songs, der jetzt gerade im Radio läuft. Zielstrebig beginnt das Heer der Jugend meiner Jugend sich in hormoneller Anziehungskraft aneinanderzuschmiegen.
Und in dieser Atmosphäre tue ich plötzlich, was ich mir die ganze Zeit vorher nicht getraut habe: Ich gehe auf das Mädchen zu, das ich damals für anbetungswürdig hielt. Niemand schnappt sie mir weg und ich nehme sie bei der Hand, noch bevor der Sänger seine ersten Textzeilen in den Song bringt. Sie lässt es geschehen und wir umschlingen uns, eine Unglaublichkeit bis zu diesem Zeitpunkt, und: Mich haut es um. Genau bei diesem Lied hat es mich einfach umgehauen. Unvergesslich entzündet. In einer benebelnden Glückseligkeit haben wir uns umarmt, getanzt, geküsst, getanzt und unsere Körper gefühlt.
Lächelnd summe ich in Gedanken die Melodie mit und bin erstaunt, was sie mit mir macht und in welche emotionalen Schwingungen sie mich zurückversetzen

kann. Sanft rieselt so etwas wie Glück und Faszination über mich und diese sich unverhofft wieder verbindenden kleinen Kreise des Lebens herab, die ich nicht mehr für möglich gehalten habe. Damals an jenem Abend war einer dieser Momente in meinem Leben, in denen ich kurz an einer Traumhaltestelle aussteigen durfte. Alle Zeit dazwischen ist für den Moment unwichtig und ich staune über diese künstliche und unvorbereitete Flucht, der ich mich gerade hingebe. Nie hätte ich geglaubt, dass dieser Augenblick von vor über fünfundzwanzig Jahren nochmals eine derartige Wärme und Freude in meine Gefühlswelt einstreuen würde.

Die überdrehte Gute-Laune-Stimme des Radiosprechers hat die Macht, die Schönheit des Augenblicks zu durchbrechen und zu zerstören. Dieser Mensch gehört vor ein Gefühlsverbrechertribunal. Grausam wird mir meine Direktleitung in die Vergangenheit gekappt, abrupt unterbrochen.

„Es ist 16 Uhr. Die Nachrichten."

Um mich herum taucht wieder die Wirklichkeit auf. Ich muss an den Speerwerfer denken, den aus dem Beilagenheft. Plötzlich, unglaublich plötzlich hineingesogen in eine andere Wirklichkeit. Ein Abwurf. Ein Einschlag. Jemanden getötet zu haben, dies nie mehr loszuwerden, für immer in die Erinnerung eingemeißelt. Unauslöschbar. Doch das Leben rollt munter weiter, das Taxameter tuckert in zweistelligen Beträgen munter aufwärts. Am liebsten würde ich das Display zuhalten.

„Welche Hausnummer?", murmelt der Taxifahrer, als wir in die Zweierstraße einbiegen. Mir missfällt der Verlust des Prädikates und ich frage mich, ob manche Leute noch in ganzen Sätzen sprechen können. Eine gewisse geistige Genügsamkeit scheint um mich herum die Oberhand zu gewinnen, gerade was unsere schöne Sprache betrifft. Aber ich sage nicht, was ich sagen möchte. Aus meinem Portemonnaie heraus schauen mich lieblos Euroscheine an, darunter finde ich wieder den Zwanziger mit der kurzen Notiz meines Ziels. Möglichst klein habe ich sie gehalten, damit die Banknote nicht zu sehr entstellt und ihr Wert dann womöglich nur noch bei 19 Euro 70 liegen würde. „ZwS 15" entziffere ich meinen miserabel geschriebenen Vermerk und gebe die Hausnummer in einem wohlformulierten Antwortsatz preis. ‚Nimm das, Schurke!', wage ich schmetternd hinterher zu denken und drücke dem Fahrer die Banknote in die Hand.

EGO 5

Es ist schon irgendwie schade, dass seit der Währungsunion keine der deutschen Lieblingsgesichter mehr auf unseren Geldscheinen abgedruckt sind, die man noch liebevoll angesehen hat, bevor man sie ausgab. Was mochte Annette von Droste-Hülshoff wohl gedacht haben, als der Künstler ihren leicht entrückten Blick für sein Gemälde eingefangen hatte? Und: Warum wurde es überhaupt angefertigt? Dass sie auch für einen deutschen Geldschein posieren würde, hätte sie wohl in ihren kühnsten literarischen

Träumen nicht in Betracht gezogen. Retrospektiv hat's ja immerhin zum Zwanziger gereicht. Für den Fuffi wollten die deutschen Währungsverantwortlichen schon mindestens eine Fuge komponiert haben, obwohl Annettes Gesicht auf meiner persönlichen Beliebtheitsskala mehr Punkte erhalten hätte als unser musikalischer Lockenkopf aus Halle. Aber das sind Probleme von gestern, das Kopfgeld ist Geschichte, der Euro hat uns Bildchen nicht existenter Bauwerke ohne Individualität verschafft. Unter den gotischen Fenstern des Zwanzigers, dem meine Schwester gleich Adieu sagen wird, hat sich irgendein Legastheniker aus dem Krikelkrakel-Land verewigt. „ZwS 15“, man kann's kaum lesen, klingt nach Abwesenheit von Phantasie, nur gut, dass wir das Teil gleich loswerden. Was der Schreiber – also, ich gehe bei dieser Unschrift von einem Mann aus – hier wohl notieren wollte? Und sein zu Tinte erstarrter Augenblick reist jetzt wahrscheinlich bereits ein Weilchen mit dem Geldschein herum, wer weiß, durch wie viele Hände, Geldbörsen und was sonst noch.
Die Kollekte nähert sich unaufhaltsam. Nur noch zwei Reihen. Ich höre das Klimpern des aufschlagenden Geldes. Klingendes Geld signalisiert den anderen: Der da hat viel reingeworfen. Je lauter, desto besser, bloß kein Geiz bei klerikalen Spenden. Von mir würdet ihr keinen Cent kriegen!
Ich gebe meiner Schwester die Banknote mit dem gotischen Fenster und seinen Initialen zurück, die diesem Schein eine gewisse Einmaligkeit und Wiedererkennbarkeit verleihen.

‚Vielleicht sehen wir uns ja mal wieder, irgendwo in Europa', denke ich noch, als er in das Bastkörbchen hineingleitet, fast lautlos. Und da ist sie, die kleine peinliche Klangpause. Ich spüre die Blicke auf uns, deren Sender die plötzliche Stille gehört haben, ganz kurz nur, dann kommen die gewohnten Geräusche wieder. Zwanzig Euro für diesen Verein zu spenden will mir einfach nicht in den Kopf. Die erzählen einem doch das Blaue von ihrem Himmel, für was sie's verwenden. Na ja, ist ihre Sache. Das Klimpern und das Knarren der Kirchenbänke gehen über in den Gesang der christlichen Gemeinde. Mein Glaube ist nicht mehr sonderlich groß. Vielleicht war er es mal. Aber er überwiegt allemal meine Kirchenverbundenheit. Dass ich's heute bis hierher geschafft habe, an Papas Todestag, ist einzig und allein der Überredungskunst meiner Schwester zu schulden. Dieser neue Pfarrer ist auch nicht schlecht, zumindest ist sein religiöses Gefasel hin und wieder nachzuvollziehen.
Kritiklos summe ich sogar die Texte aus dem Gesangbuch wie früher mit, es ist halt noch so drin und ich werde jetzt und hier kaum entscheidende Änderungen der weltreligiösen Lage durch ein Stillschweigen vollbringen. Um mich herum wird's unruhig. So ist das vor dem Essen. Der Gottesdienst ist beim Abendmahl angekommen. Einige aus den Reihen erheben sich in Richtung Altar, um sich die Minioblaten abzuholen, von denen ich mal nicht hoffe, dass sie wirklich der Leib Christi gewesen sind. Das wäre Kannibalismus in höchster Vollendung: Die Christen essen, nach der Beichte entsündigt, ihren Gott. Dass ich diesen

ganzen Quatsch mal mitgemacht hab. Der Appetit ist mir nach all den Beweisen für die Nichtanwesenheit von dem da oben gründlich vergangen, da kann meine Schwester machen, was sie will. Dass sie immer noch hierher rennt! Und mich auch noch dabeihaben möchte.

Jetzt steht sie auf und drängt in der Menge zwischen den Kirchenbänken Schritt um Schritt nach vorne. Sie hat es ihrem Gott verziehen, dass er sich nicht an seinen Aufgabenbereich gehalten und unseren Vater vor diesem Sportsmörder beschützt hat. Ich nicht. Niemals. Da steht sie, eine unter vielen, am Scheitelpunkt von Querhaus zum Mittelschiff in der Vierung. So wie ich früher, wir gemeinsam, schon als Kinder. Die gewaltigen Säulen, die diesen zentralen Punkt des Gotteshauses begrenzen, lassen jeden zwischen ihnen zwergenhaft zusammenschrumpfen. Aber wenn sie hier Trost findet, meinetwegen. Dafür gibt sie ja auch mal ein paar Kröten her, von der Kirchensteuer ganz zu schweigen.

Das Abendmahl wird, vom Orgelspiel akustisch geradezu überflutet, an die Schäfchen verteilt, und als meine Schwester vorne ankommt und an der Reihe ist, legt ihr der Pfarrer das heilige Brot in ihre gekreuzten Handflächen. Bevor sie sich dies auf der Zunge zergehen oder noch eine Weile am Gaumen kleben lässt, dankt sie dem Hirten mit einem genickten „Amen". Ich weiß nicht, diese bunten Gewänder der ganzen Pfaffen. Haben doch eher was Heidnisches.

Als sie abtritt, bleibt sie nach wenigen Schritten nochmals stehen, wendet sich zum hoch oben über dem

massiv steinernen Altar schwebenden, gekreuzigten Jesus und sieht ihn für Bruchteile von Sekunden an. Seine von göttlichem Blut durchtränkte Wunde auf der rechten Körperseite, die ihm irgendein römischer Hauptmann auch mit so einem Scheißspeer verpasst hatte, lässt die Erinnerung an unsere grauenhafte Zeit wieder aufblitzen. Ich weiß, was sie denkt. Diese Vergangenheit wird wohl nie ganz vergehen.
Doch dann dreht sie sich wieder in ihren Rückweg hinein und kehrt durch das Seitenschiff zu uns zurück, vorbei an den blutigen Stationen des Kreuzweges Christi. Sie steigt in die knarrende Kirchbank ein, ohne sich zu setzen, kniet sich neben mich, das Gesicht in die gefalteten Hände hineingegraben. Oh Schwesterlein, was soll das bringen?
Vielleicht dankt sie ihm und wertet diese himmelschreiende Ungerechtigkeit eines Gewissenlosen als Gerechtigkeit. Vater nehmen, ihren Sohn dafür bekommen. Was für ein Tausch! Ob sie deshalb so im Reinen mit ihm ist? Je älter man wird, umso mehr muss man verzeihen können, sagte unsere Mutter immer zu uns. Zum Teufel, ich versuch's ja …
Die Verzweiflung wollte Erklärungen und die zermürbende Kinderlosigkeit wie auch das unfassbare Schicksal von Papa suchten Schuldige. Beides aber vermutete meine Schwester nicht im Überirdischen. Da konnte keiner von den göttlichen Alleskönnern was dafür! Der Tod ist so unglaublich absolut. Zumindest meine Wunden heilen nur langsam und ich hatte mir so gewünscht, dass er die Geburt eines seiner Enkelkinder erlebt. Vielleicht hätte das seine Depression erhellt oder wenigstens seine Todessehnsucht

verringert, wenn es denn überhaupt eine war. Da hätte Gott wahrlich zwei Fliegen mit einer Klatsche schlagen können und alle wären froh gewesen.
Als die Orgel die ersten Töne der Abschlussmelodie vom Nachmittagsgottesdienst schmettert, sitzt meine Schwester noch immer mit vor der Stirn gefalteten Händen, geschlossenen Augen und einem Lächeln kurz vor seinem Ausbruch neben mir. Die Kirchenglocken schlagen fünf Mal in kräftig dröhnenden Tönen, bevor sie in ein verabschiedendes Geläut übergehen. Da öffnen sich ihre ineinander zum Gebet verschlungenen Fäuste und ballen sich kurz noch einmal. Sie lehnt sich zurück und dreht den Kopf zu mir.

EGO 6

Ich sehe in ein Gesicht, ein hübsches, das ich mit geschlossenen Augen abzeichnen könnte, so vertraut ist es mir. Sieh mich nicht so an, stolze Schelmenfrau, ich liebe dich, so einfach ist das!
Oh Mann, gleich ist's Mitternacht, jetzt ist Weihnachten fast schon wieder vorbei und damit auch dieses Jahr, in dem so viel passiert ist. Das ist auch gut so, nach dem bescheidenen vorigen, als wir hier ganz in Schwarz auf dieser Kirchenbank gesessen haben. Da war das schöne, vertraute Gesicht so fremd, so verbittert. Ist echt kaum zu glauben, wie sich eine derartige Tragik mit dem Wunderbaren des Lebens in so kurzer Zeit abwechseln kann.

Früher hab ich immer gedacht, mit ein paar guten Leuten um mich rum kann einem das Schicksal schon nicht mehr ganz so doof kommen, aber wenn man mal selbst derjenige ist, der jemanden auffangen, vor dem Zusammenbruch retten muss, dem die Dunkelheit in alle Ecken des Lebens gekrochen ist ... zermürbend ist das. Aber irgendwie hat sie ihren Glauben beharrlich weiter glauben können in der Zeit nach dem Tod ihres Vaters. Im Gegensatz zu ihrem Bruder. Für ihn ist „der da oben“ nur noch so 'ne Art Sündenbock. Deshalb kommt er auch kaum noch mit hierher.
Bin so froh, dass diese grausige Talsohle hinter uns liegt. Man bekommt alle Trauer mit ab, nimmt sie in sich auf, auch wenn's mich nur indirekt betroffen hat. Ich war, wenn man das überhaupt so sagen darf, fast ein bisschen erleichtert, dass keiner aus meiner Familie so drauf war wie ihr Vater, der seine komplette Umgebung ins Unglück gestürzt hat.
Und dann kam, schon früh im neuen Jahr, der Aufwind mit diesem Schwangerschaftstest. Die Erwartung auf was Buntes, auf Lebensfreude. Endlich das Kind, das wir uns schon so lange gewünscht hatten! Und nun auch noch gesund und munter. Bin so happy!
Da oben in den schwindelnden Höhen des Kirchenschiffs flattern sie rum, die letzten Orgelnoten der „Stillen Nacht“. Wir gehen alle gemeinsam nochmal nach vorne, um das weihnachtliche Kripplein mit seinen Figuren anzusehen. Ein kleines Ritual, von denen es heutzutage viel zu wenige gibt, das wir uns jedes Jahr gönnen, obwohl wir das mit Reisig umkränzte

Puppenhaus in- und auswendig kennen. Die kleine Figur da in der Wiege mit seinem fix installierten Heiligenschein …
Jipp! So was hab ich jetzt auch daheim, hm, ohne Heiligenschein zwar, aber auch mit viel Ausstrahlung. Mein kleiner Sohnemann, hoffentlich schläfst du daheim auch grad so selig und hast die Stunde ohne deine Mama geschafft. Irgendwann werd' ich dir das hier auch alles zeigen, vielleicht hüpfst du in nicht allzu ferner Zukunft bei irgendwelchen Krippenspielen in der Rolle einer dieser Figürchen zwischen ihren Tannenzweigen mit herum. Vielleicht hast du aber auch gar keinen Bock auf so was.
Hand in Hand verlassen wir die Kirche durch die schwere, hölzerne Seitentür mit ihrem ornamentverschlungenem Griff. Hier draußen umhüllt uns eine windige, bittere Kälte … abartig. Hätte mir wohl etwas sparsamer das Weihwasser zum Bekreuzigen aus dem Becken auftragen sollen. Dieser kleine, eiskalte Punkt schmerzt jetzt auf meiner Stirn. Aus den Händen heraus gleiten wir einander in die Arme, steigen die breiten Stufen der Kirche hinab. Um uns herum wird großzügig und händeschüttelnd „Fröhliche Weihnacht" verteilt.
Der Schnee. Mein Gott, ist das kitschig! Aber: Glück gehabt, weiße Weihnacht, manchmal passt einfach alles. Je dichter die Flocken in der Luft hängen, desto schwerfälliger tickt auch die Zeit. Wieder so ein krasser Gegensatz zum vorigen Jahr. Was für ein Pisswetter das war. In tausenden Tropfen siebte die Heilige Nacht den Regen trommelnd auf den Asphalt.

Und heute wandern wir von Lichtkegel zu Lichtkegel die Straße hinab, um uns herum so was wie ein Klumpen Stille. Doch der Winter tanzt mit seiner von den Straßenlaternen angestrahlten Flockenarmee. Herrlich, diese Lautlosigkeit. Freue mich drauf, daheim beim Abklopfen meines Mantels den Schnee bersten und nochmals fallen zu sehen und mich zu schütteln wie ein Hund, in froher Hoffnung auf die Wärme, die langsam wieder in mich kriechen wird.
Während die anderen nach unserer Ankunft zu Hause noch den letzten Schlummertrunk präparieren, schleiche ich mich schon mal zu dir, mein Kleiner, setze mich leise an dein Bettchen. Ein Fetzen Licht fällt durch die Tür und ich lehne mich über das Geländer der vergitterten Schlafstätte. Dein kleiner Mund formt immer wieder sanft angedeutete Grimassen im Schlaf und dieses Atmen ist so gleichmäßig, dass es fast meditativ auf mich wirkt. Himmel, bist du schön!
Meine Gedanken entgleiten mir, fort in meine Kindheit, als mein Vater sich zu mir ans Bett setzte und mit der Handkante eine tiefe Kerbe in das Bettzeug schlug. Er sagte dann, ich müsse jetzt ganz leise sein, denn er würde nun meinem Schutzengel diesen Platz zum Ausruhen anbieten. Und ich glaubte manchmal tatsächlich, ein kurzes Aufleuchten, eine kleine Unschärfe im Raum zu sehen, einen Windhauch und etwas unsagbar Leichtes über der Bettdecke zu spüren. Mein Vater flüsterte geheimnisvoll: „Er hat es sich heute wieder sehr verdient“, während ich nicht recht wusste, was er da meinte, denn es war ja eigentlich wie immer alles glattgelaufen.

Dann ertappe ich mich dabei, selbst vorsichtig mit der Handkante eine Kerbe ins Bettzeug zu formen, und bitte den Schutzengel freundlich heran. Ich spüre, wie mir das Glücksgefühl und die Schönheit des Augenblicks, den ich gerade erlebe, die Kehle zuschnüren, mich butterweich machen und den Wasserstand bis sehr weit zu meinen Unterlidern hinaufschieben. Heulen aus Freude ist auch was Schönes.
Wenn ich nur an deine rasante und aufregende Geburt in der luftigen Vorhalle des Krankenhauses zurückdenke, kleiner Mann, dann könnte ich fast wirklich an das unsichtbare Wesen mit seinem schützenden Federkleid glauben, das es dort über uns ausgebreitet hielt. Für deinen Opa war keiner da. Er hat seinen Schutzengel ausgetrickst. Man muss sich auch helfen lassen wollen.
Von draußen höre ich ein entferntes Klappern und Klirren des Geschirrs, was leider das Ende dieser kleinen Vorstellung einläutet. Meine Augen haben sich mittlerweile an die Dunkelheit gewöhnt und voller Erinnerungen streift mein Blick durch das Zimmer, in dem ich selbst groß geworden bin. Mehr als ein paar Erinnerungsfetzen habe ich nicht aus meiner Kindheit, aber wo die Möbel standen und was für Tapeten oder Bilder an der Wand klebten, habe ich in etwa behalten. Das Erlebte verwischt. Leute, die mich als Kind gekannt hatten, erzählten oft die gleichen Episoden und haben sie sich mit der Zeit wahrscheinlich auch noch zurechtgebogen. Am Ende bleiben in meinem Kopf nur noch diese Erzählungen übrig, vermischt mit ein paar Fotografien aus der Kind-

heit, diese Hüter der Erinnerung, die in irgendeinem Album kleben und allmählich über alles dominieren. Wären unsere Erinnerungen ohne Fotografien reicher? Wie wären unsere Bilder dieser Zeit, wenn niemand darüber spräche? So ganz ohne die Gedankenverschmutzungen anderer? Die ganze Wahrheit, so richtig eins zu eins, gibt's oder gab's eben nur ein einziges Mal. Meine eigene, einmalige Filmvorführung durch das Leben. Sonst hat niemand durch meine Augen geblickt, mit meinen Ohren gehört, mit meinen Händen berührt und mit meinem Herzen gefühlt. Und deshalb wird einfach zwangsläufig immer alles unvollständig beleuchtet oder, im fotografischen Sinne, belichtet sein.

Da streift mich plötzlich von hinten der größer werdende Lichtkegel aus dem Flur und nun sind es zwei verschmolzene Schatten, die über meinem träumenden Sohn liegen. Eine Hand streicht mir liebevoll durchs Haar, ich höre ein „Kommst du?" und beginne mit den Vorkehrungen, mich von all dem Schönen hier loszureißen.

Wir lassen unser kleines, geliebtes Wesen in Morpheus' Armen zurück und gehen hinüber in die Stube, wo unsere Familie schon mit dem Glas in der Hand auf uns wartet. Selbst die frisch gebackene Urgroßmutter ist noch nicht zu Bett gegangen und sitzt mit dem ihr eigenen Lächeln in ihrem Sessel fast noch so da, wie wir sie vor dem Kirchgang verabschiedet haben. Auch wenn sich ihre jetzige Kommunikation auf kaum mehr als Wiederholungen beschränkt, ist sie für mich noch immer einfach meine Oma und man spürt, dass ihre 94-jährige Seele

noch absolut sensibel auf Glücksmomente reagiert. In regelmäßigen Abständen beteuert sie seit dem Familienzuwachs, wie froh und dankbar sie sei, unter uns zu sein und all das noch erleben zu dürfen. Obwohl ich weiß, dass sie auch darauf wartet, endlich „geholt" zu werden.
„In den Kindern kann man die Zeit sehen", hatte sie nach der Geburt unseres Sohnes verkündet und ich habe allmählich das Gefühl, zu wissen, was sie damit meinte. Na ja, man belächelt eben vieles, wenn man noch keinen biologischen Rost angesetzt hat. Ich hab's gern, wenn sie sich erinnert und in ihrem Langzeitgedächtnis kramt, Dinge findet und preisgibt, die man diesem welkenden Menschen nicht mehr zugetraut hätte. Egal, ob es sich nun alles so zugetragen hat oder nicht. Unter ihrer schildkrötenartigen, zeitzerfurchten Haut beherbergt sie etwas Beständiges, etwas Geheimnisvolles. Ihre Äuglein blitzen voller Freude über die Zusammenhänge des Lebens, die von uns allen nur sie allein mit dieser Tragweite und Gelassenheit überblicken kann.
Wenn ich an meinen kleinen Sohn drüben in seinem Zimmer denke, wird mir einer der wichtigsten Unterschiede zwischen Kindheit und Alter bewusst, mit dem man bewertet wird. Es sind die beiden Worte „schon" und „noch", denn allen anderen Altersstufen dazwischen gibt man die Schon-Noch-Dinge als Selbstverständlichkeit mit.
Wie toll er das *schon* kann!
Wie schön sie das *noch* macht!
Dazwischen liegen Generationen.

Im glänzenden Licht des Weihnachtsbaumes stoßen wir klingend miteinander an. Freude und Melancholie wechseln einander ab. Der Schmerz einer Abwesenheit.
Bald schon übergibt der Heilige Abend die Nacht dem ersten Weihnachtsfeiertag. Wir liegen uns, von der Dunkelheit beschützt, in den Armen. Meine Augen fallen mir fast zu und nur eine kleine innere Unruhe wartet auf den Schrei des Hungers, den ich nicht werde stillen können.
Mit einem letzten Blick sehe ich vor unserem Fenster noch die tausendfache weiße Stille fallen, die sich von den Straßen und den Dächern jetzt selbst entgegenwächst. Kein Regen. Halbierte Traurigkeit. Die Müdigkeit legt sich schwer auf meine Lider, Töne entfernen sich und mein Atem entspannt sich tief unten in meinem Brustkorb. Über mir schließt sich behutsam das Meer der Wahrnehmung, leise schäumend, stille Gischt wie Wolkenfetzen …

PROLOG

Himmel und Erde, dazwischen ein weit verzweigter Baum, bei dem man, egal wie man es drehte, kaum unterscheiden konnte, was die Wurzel und was die Krone seines Geästs darstellten. Er sah sich den Druck auf der Verpackung des Puzzles an, drehte den Karton immer wieder herum und erkannte fasziniert, mit welcher Raffinesse der Künstler dieses Bild gemalt hatte. Dann legte er das Geschenk beiseite.

„Vielen Dank! Ich freue mich, dass Sie tatsächlich eines mitgebracht haben“, sagte Samuel Tothmann, während er seiner Besucherin aus dem Mantel half und ihn auf den Bügel an der Garderobe hängte. „Und dieses Bild gibt es wirklich? Ich mag die Surrealisten!“

„Ja, es heißt ‚La Vida‘, das Leben, hängt mit zwei mal ein Meter siebzig im Museum für Moderne Kunst in Buenos Aires. Und es ist auch im Original ähnlich den Fragmenten eines Mosaiks gemalt.“ Sie zeigte auf den Aufdruck. „Zufällig haben wir dieses Bild schon lange auch als Ansichtskarte oder Poster im Programm, um uns bei unseren Spendern zu bedanken. Da kam mir Ihre Bitte am Telefon, ein Puzzlespiel mitzubringen, sehr gelegen.“

„Nur eintausend Teile“, flüsterte Tothmann, begann zu lächeln und sah auf die Uhr. „Mit Bildvorlage. Das kriegen wir hin. Ich hoffe, Sie haben ein wenig Zeit mitgebracht.“

Er riss die Folie auf und sie gingen hinüber in das große Wohnzimmer, an dessen breiten Fenstern ein einfacher Holztisch stand.

„Darf ich Ihnen etwas zu trinken anbieten?“, fragte er höflich und legte das Spiel auf den Tisch. Die junge Frau nahm geduldig Platz, während Tothmann hinüber in seine Küche schlenderte, um eine Karaffe mit Wasser und ein paar Gläser zu holen. Trotz seiner kantigen, ja fast ausgemergelten Gesichtszüge, der schiefen Schulter und der rumpelstilzigen Gesamterscheinung war ihr der ältere Mann, dessen Stimme sie bisher nur vom Telefon her kannte, auf Anhieb sympathisch.

„Liebe Frau Dizius", sagte Tothmann lächelnd, während er die Getränke eingoss und mit dem Kopf in Richtung des Puzzles nickte. „Darf ich Sie zu einer Partie einladen?" Sie sah ihn verwundert an, als er den Karton des Puzzlespiels öffnete und am anderen Ende des Tisches fast ein wenig zu distanziert für ein normales Gespräch Platz nahm.

Er riss den Beutel mit den eingeschweißten Puzzleteilen auf und schüttete den gesamten Inhalt auf den Tisch. Dann begann er die Bildseite der Teile nach oben zu drehen. Er war voll konzentriert. Den Deckel des Spiels hatte er in Sichtweite auf einen Stuhl gestellt. Sie sah, wie er mit einer behänden Leichtigkeit ähnliche Teile einander zuordnete und sich von der Vorstellung einer schnellen Aufklärung für ihr Kommen zu lösen begann. Sie nahm sich vor, ihm genügend Zeit zu geben, sich zu äußern. Tothmann schob ihr einen Haufen Teile zu und nickte. Als sie, bei Weitem nicht in seiner Geschwindigkeit, damit anfing, den Fragmenten wie er eine erste Ordnung zukommen zu lassen, trank er einen Schluck aus seinem Glas und fing an zu erzählen.

„Ich habe einen Freund verloren, jemanden, den ich schon seit meiner Kindheit kannte. Sie können sich vorstellen, dass solche Freunde, je älter man wird, immer wichtiger werden. Deshalb ist mir sein Verlust auch so schmerzlich." Tothmann stockte, atmete tief ein und nippte abermals am Glas. Sie sagte, es täte ihr leid, und ließ ihn fortfahren.

„In den letzten Jahren hatten wir uns eine gewisse Tradition aufgebaut. Wir trafen uns relativ regelmäßig, so wie sich andere zum Skat, in der Kneipe oder zum Sport treffen. Nur, dass wir puzzelten."

Sie sah ihn an und wusste nicht recht, worauf er hinauswollte. Er hatte bereits nahezu alle über den Tisch verteilten Puzzleteile umgedreht und begann, die ersten Ecken zu legen. Die gewaltige Anzahl der Bildfragmente schien ihm wenig beeindruckend, ihr hingegen nicht gerade motivierend, aber Tothmann hatte am Telefon gesagt, er habe eine besondere Art einer Spende für ihre Stiftung. Daher nahm sie sich die Zeit und spielte sein Spiel im wahrsten Sinne des Wortes mit.

„Es war für uns eine Art, uns auf besondere Weise zu begegnen, zu schweigen, zu erzählen, gemeinsam zu etwas zu kommen. Ich will nicht sagen, ein gemeinsames Ziel zu haben, aber doch gemeinsam an etwas zu arbeiten. Natürlich haben wir uns auch sonst des Öfteren gesehen. Doch die Stunden und Nächte hier an diesem Tisch waren unsere kleine Insel, auf die sonst niemand mitkam."

Während er mit dem Zeigefinger fortfuhr, wiederum Teile nach Farbe und Motivbereichen zu ordnen, tat sie es ihm gleich und fragte zögernd: „Warum haben Sie mich herbestellt und vor allem: Was war das für ein Text oder Manuskript, das Sie mir zum Lesen gesandt haben?" Er lächelte. Sie fand das erste Teilchen, welches in die von ihr aus gesehen rechte untere Ecke angrenzte. Er hob die Brauen.

„Sehr gut. Dann kann es ja losgehen!" Und er fand mit unglaublicher Schnelligkeit die nächsten angrenzenden Fragmente. Ein Rahmen begann sich abzu-

zeichnen. Mit seiner Antwort jedoch ließ sich Tothmann Zeit.
„Das, was ich Ihnen geschickt habe, ist das Manuskript eines Buches. Was halten Sie davon?"
„Was soll ich bitte davon halten?", gab sie freundlich zurück. „Ich arbeite in einer Stiftung, die Opfer bzw. Angehörige von suizidbetroffenen Familien hilft, und Sie schicken mir einen Text, der dies als Kernthema hat. Was erwarten Sie?" Tothmann blickte nachdenklich zum Fenster hinaus und unterbrach das Aneinanderlegen der Puzzleteile.
„Sehen Sie, dies ist ein Text, gewissermaßen der letzte, meines Freundes. Ich wollte gerne wissen, wem ich sein geistiges Eigentum und die daraus möglichen Einnahmen überlasse", sagte er und sein Blick ruhte sich für einen Bruchteil von Sekunden in ihren Augen aus. Sie nickte und begann zu verstehen.
„Soll das heißen, dieses Buch wird veröffentlicht?"
„In der Tat! Kurz vor dem Tod meines Freundes habe ich von ihm einen Umschlag geschickt bekommen. Darin war auf einem USB-Stick dieser Text und ein Blatt Papier, das handschriftlich recht detaillierte Anweisungen gab, wie ich damit zu verfahren habe. Unter anderem wollte er, dass ich mich mit Ihrer Stiftung in Verbindung setze."
Der Rahmen war fertig gelegt und er fing an, die ersten Teile des Baumstammes aus dem Bild vorzusortieren. Auch die junge Frau hatte einige der Teile gefunden, obwohl sie sich nicht sicher war, ob nicht Tothmann ihr diese zugeschoben hatte. Sie bemerkte ein gewisses Insistieren seiner Rede und dass es ihm schwerfiel, alles sachlich zu berichten.

„Nehmen Sie sich bitte Zeit, ich höre Ihnen zu", sagte sie und hatte plötzlich eine Gruppe von Fragmenten im Überblick, die, wie sie kurz danach feststellte, genau ineinanderpassten.

„Mein Freund war krank. Manisch-depressiv. Irgendwas wies schon im frühen Alter darauf hin, als er manchmal wie ein Irrer trainierte. Er war Leistungssportler. Irgendwann aber kam der Auslöser, den ich wohl nie vergessen werde. Wir waren in unseren letzten Teeniejahren. Er kam nach Wochen endlich mal wieder heim aus seinem Sportinternat, war bei der letzten Landesmeisterschaft ziemlich erfolgreich gewesen, hatte eine Nominierung für was ganz Großes, Internationales in der Tasche. Genau an dem Tag, als er damals mit dem Zug zurückkam, hat seine Mutter das erste Mal versucht, sich das Leben zu nehmen. Sie war aus dem Fenster gesprungen. Die Ambulanz kam, sie wurde gerettet. Dann lag sie ein paar Tage auf der Intensivstation. Eine grausame Zeit für ihn und auch ich litt als sein engster Freund mit. Irgendwann nachts, als es keiner mitbekam, riss sich seine Mutter die Schläuche raus, stand auf, öffnete das Fenster und sprang wieder. Diesmal kam keine Rettung. Sie hatte es geschafft."

Tothmann schürzte verbittert die Lippen, schluckte schwer und beim Legen der Puzzleteile glaubte sie ein feines Zittern seiner Hände auszumachen.

„Mit diesem Ereignis bekam sein Leben etwas, eine Unwucht, die er nie wieder richtig ausgleichen konnte. Phasenweise ging es ihm auch wieder gut, es hielt zum Teil sogar richtig lange an."

Der Mittelteil des Bildes nahm allmählich Form an. Strukturen des Baumstammes, sogar der Rinde waren nach und nach abgrenzbar.
Tothmann stand auf und ging in die Küche. Sie sah ihm nach. Im Augenblick war sie sich nicht sicher, ob er Hilfe brauchte oder tatsächlich nur ihre Organisation zu unterstützen suchte. Sie legte die ersten Teile des zartblauen Himmels, in denen sich der Stamm aufzuzweigen begann, als der Alte mit einem Teeservice wieder das Zimmer betrat.
„Darf ich?“, fragte er und als sie nickte, goss er ein golden schimmerndes Band des duftenden Getränks in schlankem Bogen in ihre Tasse.
„Sagen Sie, was hat Sie zu der Arbeit in dieser Stiftung geführt?“, fragte Tothmann und setzte sich langsam wieder an das Spiel. Seine Finger und seine Augen nahmen sogleich wieder die Arbeit auf. Er begann, an einer anderen Stelle des Bildes einen neuen Ansatzpunkt zu errichten.
„In meiner Familie oder bei meinen Freunden hat sich nie jemand suizidiert, falls Sie das meinen. Ich bin aufgrund meines Helfersyndroms und der, ja, eigenwilligen Faszination dieses Phänomens bei einem Praktikum dort untergekommen und habe mich nach meiner Ausbildung auf die einzige feste Stelle beworben. Es ist unglaublich, was für Zulauf wir haben und wie wichtig unsere Anlaufstelle geworden ist. Aber wie überall fehlt es auch uns an Geldern.“
Tothmann lächelte bitter.
„Das glaube ich Ihnen“, sagte er, „eine Institution wie die Ihre hätten wir, also mein Freund und ich, seinerzeit auch gerne aufgesucht. Vielleicht gab es etwas in

dieser Art auch, aber wir haben es, beziehungsweise es hat uns, nicht gefunden."
Dabei nahm er wiederum zwei Puzzleteile und legte sie so an, dass die beiden bisherigen Bildzentren begannen, miteinander zu verschmelzen. Nicht ohne Bewunderung verfolgte sie auch diesen Schritt und kam sich vor, als würde sie einem übermächtigen Gegner an einem Schachbrett gegenübersitzen.
„Kennen Sie das, wenn man ein ganz bestimmtes Teil findet, mit dem sich auf einmal ein Bildausschnitt ergibt?", fragte Tothmann. „Dann geht es plötzlich rasend schnell, alles passt zusammen, nur weil man dieses Teil gefunden hat."
Sie sah ihn einen etwas zu lange dauernden Moment an und merkte, dass er ihren Augen auswich.
„Herr Tothmann, ich glaube zu wissen, was Sie mir sagen möchten. Aber das Puzzle des Lebens, das Sie hier metaphorisch ansprechen, ist kein vorgedrucktes, rechteckiges Bild, wenn es fertig ist. Es ist doch vielmehr extrem komplex und ein neues oder anderes angelegtes Teil wird neue, andere Ereignisse nach sich ziehen. Bei unserem Spiel hier scheint mir das doch wesentlich einfacher."
Sie hatte ein Puzzleteil in ihrer Hand und drehte es zwischen ihren Fingern hin und her.
„Ihr Freund hat sich das Leben genommen. Das ist doch richtig, oder?"
Er sah sie an und auf einmal spürte sie, wie sich so etwas wie Traurigkeit im Raum verdichtete.
„Ja", raunte er leise.

„Und sein letzter Wunsch war es, uns als Stiftung die Tantiemen zu überschreiben, die dieses Buch möglicherweise einbringen könnte?"
„Genau so ist es. Sie werden in Kürze Post von einer Notarkanzlei erhalten, die Rechte übertragen bekommen und alles Weitere erfahren. Dieses Buch hat bereits einen Verleger."
Er nippte an seinem Tee und sie sah, wie sich alles in der Iris seiner feuchten Augen spiegelte. Beharrlich nahm er wieder Teil für Teil, probierte, legte an und hatte bald die Rahmenkanten mit Großteilen des Bildes miteinander verbunden. Seine gierige Suche nach den Fragmenten ging nun fast in ein Nesteln über. Sie stand auf, nahm ihren Stuhl und stellte ihn neben den Tothmanns.
„Lieber Herr Tothmann, die Geschichte Ihres Freundes, die natürlich auch zum Teil die Ihre ist, ist sehr ergreifend."
Sie setzte sich, nahm seine Hand und drückte sie fest. Tränen traten in seine Augen, deren Höhlen er mit Zeigefinger und Daumen der freien Hand zupresste. Er atmete tief. Dann nahm er einen Schluck Tee.
„Tut mir leid, Frau Dizius, aber es bricht immer wieder durch." Er schluchzte kurz, fasste sich jedoch wieder.
„Hat er eigentlich, außer diesem Blatt mit den Anweisungen, irgendeinen Abschiedsbrief hinterlassen?"
Tothmann schüttelte den Kopf.
„Dieser Text ist wie ein Brief aus dem Jenseits. Ich habe keine Ahnung, warum er ihn auf diese Art und Weise vor seinem geplanten Ende geschrieben hat. Aber wissen Sie, ich glaube, das war keine Anklage-

schrift, sondern sein Abschiedsbrief an das Leben, das er so sehr und das ihn nicht geliebt hat."
Er blickte hinab zu dem Puzzle, das seinen nahen Abschluss in Aussicht stellte, so gut konnte man bereits die Hauptflächen des Bildes erkennen.
„La Vida", flüsterte er. „Er hat das Buch in einer seiner manischen Hochphasen geschrieben, daran gearbeitet wie ein Verrückter, aber fragen Sie mich nicht, was den Ausschlag gegeben hat."
„Hatte er etwas angedeutet, ich meine, dass er sich etwas antun wollte?"
Der Alte zuckte mit den Achseln.
„Er war ja in Behandlung. Ich wusste nicht wirklich, wie ernst ich manche Aussagen von ihm nehmen sollte. Er wirkte in letzter Zeit so kühl, so schweigsam und zurückhaltend. Er hat, so wie ich ihn kenne und es nun gelesen habe, darin manches aus seinem Leben verarbeitet. Wahrscheinlich hat es aber mehr in ihm aufgewühlt, ich weiß es nicht."
Er unterbrach, als ob er den roten Faden in seiner Erinnerung verloren hätte. Dann schwiegen sie beide. Tothmann nahm nach einigen Minuten wieder die Puzzleteile auf und legte die letzten, gut erkennbaren Stellen des Baumes, die in Himmel und Erde mündeten, ineinander. Sie sah ihm dabei zu und plötzlich fiel ihr eine Passage aus dem Begleittext des Puzzlespiels ein. Sie öffnete den Karton und nahm ihn heraus.
„Darf ich Ihnen das hier einmal vorlesen? Es ist ein Kommentar des Künstlers zu seinem Gemälde. Es passt gut zu Ihrem ‚entscheidenden Teilchen' von vorhin."
„Bitte!", stimmte er zu. „Lesen Sie."

Sie schlug die Anleitung auf und zitierte langsam und in klaren Worten den kursiv gedruckten Abschnitt.
„Das Leben ist keine geradlinige Abfolge von Ereignissen, es verzweigt sich ständig, endet blind, beginnt an anderer Stelle, um weiter zu wachsen, wenn durch äußere Einflüsse neue Möglichkeiten entstehen. Wie ein Mosaik aus vielen bunten Teilen verkörpert ‚La Vida' die Ganzheit des Lebens, die erst am Ende das große ganze Bild des Lebensbaumes ergibt und dann, wenn das letzte Fragment gelegt ist, die Sterbestunde bedeutet."
Tothmann hatte aufmerksam zugehört, sagte jedoch nichts dazu. Sie nahm die bräunlichen Puzzleteile aus dem Bereich, der die Erde darstellte. Nicht ohne einen Anflug von Stolz blickte sie auf das fast fertige, vertraute Bild. Er bot ihr das verbleibende fehlende Feld zur Auslegung der Puzzleteile an und wenig später hatte sie das letzte Fragment in der Hand. Nachdem sie es mit einem kaum hörbaren Klicken eingesetzt hatte, strich sie mit der flachen Hand über das gemeinsame Werk, fühlte die kleinen Rillen und Vertiefungen in der sonst glatten Oberfläche, fasziniert von dem Geschaffenen.
„Darf ich fragen, was Ihr Freund von Beruf war?"
„Sie dürfen. Er war Journalist. In seinem Buch hat er so manchen aus seinem Leben in eine Romanfigur verwandelt. Mich eingeschlossen, wobei ich keine wirklich rühmliche Rolle bekommen habe, wie Sie sicher bereits bemerkt haben. Vielleicht habe ich ihm auch die Idee für diese schlimme Geschichte geliefert. Ich habe nämlich tatsächlich mal als Platzwart in einem Stadion gearbeitet, als es einen Sportunfall

gab. Schrecklich war das. Für alle Beteiligten. Wir haben viel darüber gesprochen, er war ja schließlich auch Sportler gewesen. Von seinem damaligen Chefredakteur bekam er sogar den Auftrag, darüber zu berichten, was Sie ja ebenfalls in dem Text erfahren haben."

Tothmann geriet ins Stocken, schien zu überlegen.

„Ich kann Ihnen gar nicht genau sagen, ob er letzten Endes wirklich einen Artikel darüber geschrieben hat."

Sie erhoben sich, standen beide vor dem Tisch und betrachteten das Bild aus der Höhe.

„Wie ich bereits angedeutet habe, ich glaube, trotz all der Traurigkeit dieser Geschichte hat er doch ein Loblied auf das Leben verfasst, mit all seinen Facetten, Höhen und Tiefen."

„Ja", sagte sie, „davon bin ich überzeugt."

Dann sah sie etwas erschrocken auf ihre Armbanduhr. Der Lauf der Uhrzeiger hatte sich beschleunigt, ohne dass sie es mitbekommen hatte.

„Ich muss jetzt wirklich los. Haben Sie vielen Dank!"

Er brachte sie zur Garderobe und half ihr in den Mantel. Sie stand in der Tür und wollte gerade die Treppe hinab, als sie nachdenklich stockte. Die Hand am Geländerlauf, drehte sie sich nochmals um, räusperte sich und fragte: „Herr Tothmann, verzeihen Sie die Frage … aber wieso glauben Sie, dass sich dieses Buch gut verkaufen wird, ich meine, dass wir als Stiftung mehr davon haben als nur die Rechte daran?"

Die Lippen des Alten pressten sich verhängnisvoll aufeinander und verloren ihre Farbe. Er sah nach unten und schüttelte fast unmerklich verbittert den Kopf.

„Er hat für ein unglaubliches Marketing gesorgt", flüsterte er und sein Blick wanderte an ihr empor. „Wenn Autor und Protagonist in einem solchen Roman ein und dieselbe Person sind", fuhr er fort, „wird sich dieses Buch verkaufen!"
Mit diesen Worten schloss er die Tür und ging zurück zu dem Tisch im Wohnzimmer. Er setzte sich vor das Puzzle, vergrub die Hände im Gesicht und ließ seine Gedanken in die entlegensten Gebiete seiner Erinnerung schweifen. Irgendwann schlief er ein.

EGO 7

Bilder dämmern, verdämmern.
Langsam und stufenlos erreiche ich die Wirklichkeit. Ganz leise hör ich sie und sie passt nicht in meinem Traum, der sich in diesem Moment als solcher zu erkennen gibt. Im unaufhaltsamen Erwachen versuche ich mich in der Scheinwelt festzuhalten, rutsche aber wie an einer feuchten Scheibe ab. Fetzen des Traumes vibrieren noch träge in meinen Gedanken. Eine Nebelwand aus dem Tal der Realität schleicht sich unaufhaltsam heran und hüllt allmählich alles in sich ein. Ganz selten nur gelingt es mir, schnell noch eine Nebelhaube für eine klare Sicht auf das Geträumte zu formen, die die Scheinwelt nicht verschlingt. Das Sichtbare beginnt, alles zu dominieren. Mein Sofa, die Wände, meine Bilder, die Zimmerdecke über mir, die Möbel – alles wird einfach unbezwingbar wahr. Der kleine Zeiger meiner Wanduhr

weist hinauf in die trägen Höhen der nahenden Mittagsstunde.
Ich bin echt voll weggepennt. In meinem Mund kleben Zunge und Gaumen unangenehm trocken aneinander und die Sucht nach etwas Frischem knipst die Wirklichkeit endgültig an. Alles, was vorhin passiert ist, kommt grad wie ein Bumerang zurück. Das sind Augenblicke, in denen ich der Realität übel nehme, dass sie einen nicht mal in Ruhe lassen kann. Nicht mal nach einem Traum, dessen letzte Erinnerung sich aber nun endgültig davongemacht hat. Einfach weg. Ich krieg´s nicht mehr zusammen. Träge setze ich mich auf und meine wärmende Wolldecke fällt zu Boden.
Erst sitzen, dann stehen.
Knisterndes Augenreiben, Gähnen. Der Mund wird für Sekunden zum Rachen.
Auf! Erst stehen, dann …
Mir gehen, ja schleichen die letzten Minuten unseres Beisammenseins wieder ins Gedächtnis. Vorhin, da hast du noch dort drüben am Tisch gesessen und meine üble Beichte hingenommen. Was für eine ätzende Situation. Dein kleines Entsetzen in den Augen, deine aufrechte Traurigkeit. Hab mich schon ziemlich schuldig gefühlt, den Blick beschämt in der Holzmaserung meines Tisches verfangen, um nicht aufsehen zu müssen. Aber dann war ich schon ziemlich froh, als es raus war. Hab's fast rausgewürgt. Dann der Gedanke: Wie einfach wär jetzt 'ne echte Beichte, einfach aufstehen, raus aus dem Beichtstuhl, ein paar Vaterunser und eine gute Tat, dann ist alles

in Ordnung und alles vorbei. Vorbei. Träumerin! Weiß nicht, wie das jetzt so alles werden soll.
Auf dem Tisch stehen die traurigen Reste unseres letzten gemeinsamen Frühstücks, zwei große, leere Kaffeepötte. Beide praktisch so alt wie unsere Beziehung. Wir hatten sie uns, mit ihren von der Spülmaschine ausgebleichten roten Herzen und Liebessprüchen darauf, unabhängig voneinander zu unserem ersten Valentinstag geschenkt und jeder dachte, er habe eine besonders pfiffige Idee. Wirklich einzigartig aber war dann das Auspacken, als wir lachend sahen, wie ähnlich wir uns doch waren.
Da liegt noch der Löffel. Aus einer dieser Tassen hast du ihn genommen und schweigend zwischen mein Feuerzeug und deine Zigaretten gelegt. Der Löffel war ich und du die Zigarettenbox. Dann hast du ihn mal zu den Kippen und mal mehr zu dem Feuerzeug, welches die Identität meines neuen Schwarmes angenommen hatte, geschoben. In meiner kleinen Ironie hat das ganz gut zusammengepasst. Mit mir als Löffel in der Hauptrolle, sahst du dich als alte Schachtel dem Neuen, Feurigen gegenüber. Aber die Gedanken verflogen schnell angesichts des Ernstes der Situation, die auch mich in dem Moment irgendwie völlig überfordert hat. Dem hin und her rutschenden Löffel hast du dann meine Unentschlossenheit eingehaucht, ich sah deine auf mich reizlos wirkenden Augen und Lippen sich bewegen und hörte Wortfetzen an mir vorüberziehen.
Plötzlich blieb der Löffel bei dem Feuerzeug liegen. Die Zigarettenschachtel wurde stolz und aufrecht postiert und dann hast du sie mit einer raschen Bewe-

gung vom Tisch gefegt. Bist mit der Schachtel, die sicher bald vom Kummer getrieben ausgeweidet werden würde, aus dem Zimmer, dein Blick glasig, aber entschlossen. Ich hab noch Türen ins Schloss fallen hören, zuletzt die von deinem Auto, dumpf, weit weg. Beklemmende Stille. Ich war allein. Allein mit meinem Feuerzeug, denn Löffel, Schachtel und Feuer sollten nicht, durften nicht sein – das hatten meine betäubten Ohren aufgeschnappt und das Dazwischenliegende hatte begriffen.
Zwei Handvoll Wasser schlagen mir erfrischend ins Gesicht. Die Frau im Badespiegel fühlt sich erleichtert, hat es hinter sich. Ich sehe sie an. Jetzt trinkt sie ein Glas Wasser, dann löscht sie das Licht und geht, das Spiegelbild des Badezimmers allein zurücklassend, hinaus.
Erst gehen, dann rennen.
Zurück im Wohnzimmer, schalte ich das Radio ein und lasse es leise vor sich hin senden. Jemand singt: „Jeder Tag ist ein Geschenk. Er ist nur scheiße verpackt." Wie wahr. Wo auch immer du jetzt steckst – tu dir bitte nichts an. Das ist meine größte Angst. Aber wie ich dich kenne, bist du standhaft, wirst dir irgendwo im Alleinsein erst das Recht geben, zusammenzubrechen.
Noch vor Kurzem hast du mich das erste Mal gefragt, ob ich mich in den Jahren, seit wir zusammen sind, schon einmal in jemand anderen verliebt hätte. Und ich dachte noch: ‚Was für eine bescheuerte Frage!'
Kurz darauf hab ich mich verliebt und konnte nicht fassen, dass es passiert war. Aber zum Zeitpunkt deiner Frage hatte ich nicht gelogen, mein „Nein" war

einfach nur ein paar Tage schneller als meine neue Begegnung gewesen. Bewegungslos kam ich mir vor, wie in einem braunen, zottigen Bärenkostüm, von dem ich den Kopf abgenommen und unter den Arm geklemmt hatte. Aber durch meine Augen hat was Neuartiges in die Welt geschaut, von dem ich wiederum nur die Verkleidung gewesen bin. Und dieses Etwas war so angenehm in mir, tat so gut. Leider fühlte sich meine Haut nicht wohl damit, es zu beherbergen. Ich hab's nicht mehr ausgehalten, es musste endlich raus, entschwängert werden, dieses Betrugsgefühl unserer ausgebrannten Liebe. Die Verantwortlichkeit für unsere Gefühle liegt, glaube ich, in ihrer Echtheit. Und nicht darin, wie lang sie andauern. Vieles wird wohl von nun an neu und anders sein. Vorwärts und weg.
Erst rennen, dann fliegen.
Manchmal muss man auch an sich denken. Man ist ja irgendwie auch sich selbst gegenüber verantwortlich. Und ich freu mich drauf, das Vergangene abzustreifen und zurückzulassen, weg mit der ollen Haut. Ich verzehre mich nach dem Neuen. Bin ich verliebt in mein Feuerzeug?
Das Radio dudelt weiter, ich hübsche die Couch nach meinem Nickerchen wieder auf und höre, erst mit einem, dann mit beiden Ohren den Bericht über einen britischen Musiker, der aufgrund seiner Verdienste ein „Sir" vor seinen Namen bekommen hat. Kopfschüttelnd schalte ich das Gerät ab. Die Stille, die mich bald umgibt, neigt sich gewaltig in Richtung Melancholie. Der Zottelbär um mich herum löst sich allmählich auf, doch das Fremde, das neue Feuer in

mir, hat Bestand. Es lässt mich in völliger Unklarheit über die Grenze des Schmerzes, den ich im Moment zufüge, und dem, was ich eigentlich für mich will, was mich derzeit glücklich machen soll. Daneben taucht die banale Sorge vor dem Aufgeben einer Gewohnheit auf, die aber gefühlt von der Faszination des Neuen verschluckt werden wird. Taumelnd in einem emotionalen Dreiländereck, spüre ich das ankündigende Zucken der Tränendrüse wie in Zeitraffer, tief verwundert darüber, dass einem die Erinnerung an die schönen Zeiten eher als an die schlechten das Wasser in die Augen treibt.
Ich ziehe mir was Warmes über und gehe hinaus auf den Balkon. Das Frühlingslicht hat endlich mal wieder von trüb auf strahlend umgestellt. Unten ist die lange bunte Parkreihe für eine Autolänge unterbrochen. Bis vor wenigen Stunden hat sein knallroter VW Käfer diesen Parkplatz gefüllt. Als leeres, trockenes Rechteck am Straßenrand liegt er noch immer frei zwischen den anderen und spiegelt ein wenig die Stille in mir wider. Ich nehme auf meiner kleinen Balkonbank Platz, habe das Geländer auf Augenhöhe und zünde mir eine dieser leckeren indonesischen Zigaretten an. Das Feuerzeug zischt seine Flamme in die ersten knisternden Tabakfasern. Die Süße des Tabaks mit seinem Hauch von Gewürznelken ist einfach nur genial, ich bin Genussraucher und kann reinen Nikotingeschmack nicht wirklich leiden. Trotzdem habe ich gelernt, den Rauch in Erwartung des leichten Drehens in meinem Kopf tief einzuatmen. Wie hast du das Rauchen immer genannt? „Eine irrationale Tätigkeit des ES mit oralem Befriedigungscharakter."

Leise lodern die Züge, herber Rauch in jedem lebendigen Aufhellen der Glut, gefolgt von befriedigendem Ausatmen in die Frühlingsluft. Nicht nur für das ES. Und das DU? Hoffentlich tust DU dir nichts an.
Die Wölkchen schweben und verschwinden in dünnen Schwaden wie ein vergessenes Erlebnis, wie mein Traum vorhin. Nach und nach kommt sie, diese Leichtigkeit der Sinne, zwar vielfach weniger als durch Alkohol, aber immerhin. Wie ein mobiles Gläschen *Rotwein light.*
In einem kleinen Schlachtfeld kreuz und quer liegender Filterleichen drücke ich die Zigarette aus. Ein Aschenbecher voller Momente.
Nein, du wirst dir nichts antun! Du bist doch eigentlich nicht depressiv oder so was. Aber vielleicht jetzt? Ach, so ein Mist! Fühle mich schuldig, weil ich glücklicher bin.
Hinter unserem Hausberg hat sich die stärker werdende Sonne ein Loch durch die Wolkendecke gebrutzelt. Leider schafft's die herrliche Lichtstimmung nicht ganz bis zu meinem Logenplatz und so bleibe ich im dämmrigen Schatten versunken. Unten quatschen zwei Herren mit Hut, von denen sich einer gerade zu seinem Hund runterbeugt und dessen Exkremente mit einer der Hand übergestülpten Tüte aufhebt. Der Köter kläfft. Ein verabschiedender Händedruck der beiden bleibt aus. Hygienische Gründe? Der eine behält die Hände in der warmen Manteltasche, der andere umfasst das wahrscheinlich auch noch warme Tütchen seines kleinen Rackers.
Vis-a-vis im Nachbarhaus geht in einem der Fenster bereits das Küchenlicht an. Durch die vielen Aus-

zeiten hier oben kenne ich mittlerweile meine Pappenheimer und ein paar ihrer Gepflogenheiten. Eine Journalistin muss schließlich die Augen offen halten! Die nächste Aktion dort drüben im Küchenschaufenster ist mit hoher Wahrscheinlichkeit voraussagbar. „Los, geh zum Kühlschrank!“, flüstere ich. Er geht. „Öffne die Tür!“ Und er öffnet sie. Dann mein Frohlockendes: „Hol den Ketchup raus!“
Ich hab's gewusst! Jetzt trinkt der Widerling das Zeug wieder. Er setzt wirklich die Flasche an, zieht einen kräftigen Schluck und stopft sich mit irgendetwas den Mund voll.
Mann, Mann, Mann ... wohin sind wir nur unterwegs? Musikanten werden zu Rittern geschlagen, wir sammeln die Hundescheiße in kleinen Beuteln von der Straße und Ketchup-Fetischisten treiben ihr Unwesen. Wie wird diese Komödie wohl ausgehen?
Und meine Komödie? Neuer Akt. Der vorige war gut, aber der Vorhang ist zu. Mach keine Dummheiten dahinter, hörst du? Irgendwann, in einem anderen Theater will ich dich wiedertreffen, lebend und lebensfroh, und wir können wieder ganz normal miteinander reden, ohne uns zu nahe zu kommen.
Erst fliegen, dann ... nein, nein, nicht abstürzen!
Puh, mir wird langsam etwas kühl, ich geh mal ins warme Zimmer zurück. Plötzlich Reifenquietschen, unten von der Straße. Drüben wird der Ketchup für eine grobe Inspektion abgesetzt. Ein Wahnsinniger ist am Rande der Legalität in die Einbahnstraße eingebogen, verfehlt nur knapp das Taxi und befördert einen Fahrradfahrer auf den Asphalt. An der

nächsten Straßenecke verschwindet die Limousine so schnell, wie sie gekommen ist.
Der Radfahrer bleibt erschreckend lange starr am Boden liegen. Wird doch wohl hoffentlich kein Patient meines Vaters. Okay, Scheißwitz. Einige Helfer eilen herbei. Mehr geschleppt als selbst gehend, wird er schwankend an die Seite gebracht und auf einer Treppenstufe abgesetzt. Das sieht nicht so richtig gut aus! Ich werd' mal runtergehen, vielleicht gibt das wenigstens einen Kurzbericht für die Lokalzeitung. Glücklicherweise ist der Mann mit dem Hund bei ihm, holt scheinbar grad Hilfe übers Handy.
Das Hundekottütchen liegt auf dem Bordstein und der ehemalige Besitzer des Inhalts schnuppert stolz an seinem Werk. Der Ketchup-Junkie prostet mir zu. Irgendetwas war bei dieser 007-Szenenübung mit Fahrerflucht da grade sehr dringend.

EGO 8

Dann quietscht es wieder, lauter diesmal. Ein weiterer kleiner Schreck bemächtigt sich unserer Unaufmerksamkeit und überträgt sich im festen, plötzlichen Zusammendrücken der Hand meiner Frau auf mich. Ausweichend tritt sie zur Seite, als der Wagen über die Zufahrtsrampe des Krankenhauses an uns vorbeijagt. Menschenskinder, muss denn das sein? Zeitgleich mit seinem jähen Stoppen öffnet sich die große Glasschiebetür, die uns nun mit ihrer Hinterkante erreicht und fast wieder ein wenig nach vorne drängt.

Der Himmel verdunkelt sich zügig und vorahnungsvoll, wie das düstere Runzeln mächtiger Augenbrauen. Wir sehen uns an, bekommen kein Wort über die Lippen und mir geht die Redewendung „angewurzelt sein" durch den Kopf. Aus meinen Schuhen sprießen kleine Wurzeltriebe ins Freie und bohren sich ungeordnet in den Asphalt. Unsere Starre hält noch an, als der Fahrer hastig herausspringt und hilfesuchend um sich blickt.

Die gegenüberliegende Hintertür der Limousine öffnet sich nur zaghaft und gibt eine schlanke Hand frei, die den Türgriff an der Innenverkleidung verkrampft umklammert hält. Der Fahrer hilft mit gestresster Behutsamkeit einer hochschwangeren Frau aus den Polstern des Rücksitzes, deren Beine surreal dünn gegen diesen Koloss von Bauch wirken. Der Schein der Beine in den Leggins trügt nicht, sie finden kaum Halt, knicken ein und geben unter schmerzhaftem Stöhnen der Schwerkraft nach, eine Hand Richtung Erde, die andere am schwangeren Leib. Unschlüssig beugt sich der junge Mann, wahrscheinlich der werdende Vater, mit hinab, blickt bittend zu uns herüber, trifft meinen Blick. Die Andeutung eines Nickens entfährt uns beiden fast zeitgleich und aufgrund einer Handbewegung von mir strebt er rasch zur Tür, um Hilfe zu holen.

Die Sinne tauen auf, ordnen sich und meine Frau entlässt meine Hand aus der ihren. Rasch schäle ich mich aus meinem alten, grauen Tweedmantel, den ich wenige Sekunden später der Schwangeren behutsam unterlege. Hinter der Glasscheibe sehe ich neben dem wild gestikulierenden Fahrer den Portier hastig

nach dem Telefonhörer greifen, sein Körper spricht fast mehr als sein Mund. Es scheint, als wollte er, ständig zu uns herüberblickend, das Gesehene direkt von seinen Augen zum Ohr des Fernsprechpartners übertragen.
Das pressende Stöhnen, der schmerzverzerrte Blick und die sich in die meine hineinkrampfende Hand geben dem mir ewig vorkommenden Moment des Wartens auf Hilfe zwischen der Fremden und mir eine bedrückende Intensität. Ich finde kaum Worte und meine hilflosen Beruhigungsversuche verdampfen geradezu auf dem heißen Stein der übermächtigen, immer wieder heranrollenden Wehen. Das ist doch wirklich … also ich bin doch sonst nicht so auf den Mund gefallen. Der aber verliert jegliche Feuchtigkeit und meine Kehlkopfbewegungen werden auch immer zähflüssiger. Jedes Anbahnen ihres Schmerzes lässt auch meine Brust kurzzeitig dumpf einkrampfen. Dass ausgerechnet wir zwei Alten hier haben herumstehen müssen. Die junge Frau hat wache Augen, die hinter einer Tränenwand hastig in der Umgebung umherschweifen. Tapferes Mädchen.
Mein Mantel ist glücklicherweise ausreichend groß, um als Unterlage und zum Bedecken ihres gewaltigen Unterleibes zu dienen. Jetzt reicht er wieder für zwei, schmunzelt es mir durch den Kopf, so wie meine Frau es auch immer liebt, während so mancher kühlen Wartezeit mit hineinzuschlüpfen. Ich sehe zu ihr hinüber, sie reicht mir ein frisches Taschentuch, mit dem ich pflichtbewusst den Schweiß von der Stirn der Gebärenden abtupfen kann. Wieder öffnet sich die Schiebetür und ich kann drinnen endlich Bewegung

ausmachen. Wird aber auch Zeit! Schlagartig öffnen sich verschiedene Schleusen in der Eingangshalle und weiß uniformierte Fachkräfte sprudeln ins Freie. Die junge Frau lässt ihren Kopf über meinen Unterarm nach hinten fallen und fängt sich so das kopfüber stehende Bild der nahenden Helfer mit einem erleichternden Lächeln ein. Durch den Himmel fährt ein Donnergrollen, wie eine Welle heranrollender Wehen. Komm, sei tapfer, bald hast du's hinter dir!
Ich streichle ihr noch mal Zuversicht murmelnd über die Stirn und kündige damit meine Verabschiedung aus unserem Zauberkreis an. Ehrfürchtig und erleichtert empfangen wir die ankommende professionelle Helferwolke. Eine feiste, straff in ihren Kittel gepresste Dame, die mit ihrem bestimmenden Gesichtsausdruck als Hebamme unschwer zu identifizieren ist, gibt jetzt die Kommandos. Beine anziehen, Hecheln. Zwölf beherzte Hände packen mit an, um die werdende Mutter wenigstens noch in die Wärme der Eingangshalle zu tragen. Meine, die dreizehnte, verabschiedet sich und wird durch eine fachkundige ersetzt.
„Hallo, Entschuldigung, mein Mantel! Ja, bitte, natürlich …"
Man fordert uns forsch auf, mit in die Eingangshalle zu kommen. Die schwindenden Kräfte meiner Frau, die sich mit einem hoffnungsvollen Stöhnen Luft macht, zwingen sie, sich etwas abseits endlich zu setzen. Ich reiche ihr noch rasch meinen alten Filzhut und treffe für Sekundenbruchteile ihren Blick, der die Anspannung und Erschöpfung dieser tornadoartig hereingebrochenen Situation widerspiegelt. Einfach

ein bisschen viel für unser Alter. Egal, kriegen wir schon hin. Ich folge den anderen.
Zahlreiche Gaffer haben wie Moskitos das Blut gerochen und schwirren in Scharen herum, um uns als Objekt der Ablenkung aus ihrer mentalen Einöde zu beäugen. Die große Eingangsschiebetür aus Glas wird nun von einem hämmernden Regenschauer attackiert. Sie öffnet und schließt sich, ihre technisch wohl überholte Lichtschranke kommt nicht zur Ruhe. Wie ein träges Sägeblatt wischt sie hin und her, als wisse sie nicht recht, ob sie den Regen hereinlassen soll.
Von einer jungen Ärztin, die mich fordernd ansieht und mir dabei zunickt, bekomme ich als einziger Ziviler einen Zipfel des riesigen Bettlakens in die Hand gedrückt, der die Kreißende nun umrahmen und vor sensationshungrigen Blicken schützen soll. Ich lese den rhythmisch wohlklingenden Namen der jungen Medizinerin auf ihrem Kittelschild und gehe nahtlos auf ihr Passbild über. Harmonisch, denke ich noch, aber schon holt mich die Situation zurück und fordert meine Aufmerksamkeit. Es geht echt los! Himmelherrgott! Diese Tür und die menschlichen Moskitos beginnen mein Nervenkostüm arg zu strapazieren. Glücklicherweise handelt auch der Portier nach der unmissverständlich straffen Aufforderung durch die gewichtige Hebamme und kümmert sich um die Technik. Die Tür bleibt endlich geschlossen, Nasen drücken sich von draußen platt, meine Speicheldrüsen versagen mir jeglichen Dienst und um mich herum verschwimmt allmählich die Situation ins Unscharfe. Nach eindringlichen Vertreibungen schmilzt die Population im Eingangsbereich auf eine

vertretbare Anzahl Fachkräfte und Tuchhalter zusammen und irgendwie wünsche ich mir jetzt doch eine neue Türöffnung für ein bisschen frische Luft herbei, meinetwegen auch niederschlagsfeucht. Ich zwinge mich, meine Blicke vom Zentrum des Geschehens zu reißen, was mir nur bedingt gelingt. Ich habe großen Durst. Die Fruchtblase ist geplatzt.
Man spürt förmlich die Wellen der Anspannung, die neben mir auch all die anderen Nebendarsteller in unserem kleinen Mikrokosmos erfassen. Fachwerkzeug schlüpft aus sterilen Hüllen, große Klemmen, Scheren und vieles mehr. So Zeug hätte ich eher in einem Fleischfachhandel oder einem dieser neueren schwedischen Kriminalfilme vermutet.
Der immer noch völlig aufgeregte Fahrer und Vater hält den Kopf seiner Frau und ruft ihr wieder und wieder dramatisch die berühmten drei Worte „Du schaffst es!" zu. Du schaffst es, denke ich auch, du schaffst es, dass ich hier auf meine alten Tage noch einmal fast die Kontrolle über die Situation und mich verliere. Und du schaffst es, dass ich auf unglaublich innige Weise mit jemand völlig Fremdem mitfiebere. Er ruft auch den Vornamen seiner Frau, merkwürdigerweise der gleiche, wie ich ihn vorhin auf dem Namensschild der jungen Ärztin gelesen habe. Verständlicherweise dreht auch sie sich fragend zu dem Ehemann um, erkennt aber rasch, dass nicht sie gemeint sein kann, obwohl sie es in ihrer Rolle auch „schaffen muss".
In routinierter Geschwindigkeit ergießt sich ein Füllhorn an Informationen und Fragen über die Gebärende. Doch die Geburtskräfte schreiten gnadenlos

voran und plötzlich erkenne ich zwischen all den hin und her wuselnden Körperteilen der Helfer den Kopf eines Lebewesens, das durch das Tor aus einer scheinbar anderen Welt herausschaut. Es hat den Entschluss gefasst, ein für alle Mal in die unsrige überzutreten, die Einbahnstraße der Zeit zu benutzen, die es ab jetzt unablässig vorwärtstreiben wird. Geheimnisvoll treten die ersten Teile des Kindes durch die mütterliche Pforte. Mir wird schwindelig. Die militärischen Befehle der Hebamme und das rhythmische Hecheln der Viertelmutter verbreiten sich im Raum. Aber ich kann mich halten. Die Augen des kleinen Wesens sind noch geschlossen, die der Hebamme weit wie Scheunentore. Sie zieht an dem winzigen Etwas, holt zuerst die linke Schulter hervor und die rechte rutscht gehorsam nach. Mit der kommenden Wehe schlüpft ein ganzes Kindchen nach draußen, verlässt seinen Kokon und verwandelt die junge Frau unwiderruflich in eine komplette Mutter, die nun noch den guten Kampf zu Ende kämpft. Ich sehe, wie die Ärztin dem Vater die Schere des Abnabelungsbestecks anbietet; er aber in seiner Aufregung verzweifelt ablehnt. Da ist es, also es ist da, ein Kind, ein richtiges Kind!
Doch das kleine Wesen bleibt still, als es in ein warmes Tuch gewickelt wird. Die Zeitraffung wird unerträglich, es vergehen zum Zerreißen gedehnte Sekunden. Nichts geschieht. Alle sehen sich an, alle warten auf den Schrei, dessen Ausbleiben die angespannte Stille fast ins Unerträgliche schraubt. Mir ist nicht wohl in dieser bedrückenden Gegenwart. Doch in diesem Augenblick öffnen sich plötzlich zwei große dunkle Augen, das Köpfchen dreht sich unbeholfen

und ruckartig in alle erdenklichen Richtungen, als suche es etwas, Bilder, deren Einzelteile erst verzögert in seinem Gehirn zusammengesetzt werden. Zwei Augen verschlingen den Raum, verschlingen uns alle und in mir fiebert es dröhnend: ‚Nun schrei doch endlich!' Und prompt schleicht sich ein kaum sichtbares, verzerrtes Grinsen von den bläulichen Lippen, einem Mund, der kaum größer ist als das Knopfloch meines Mantels. Dann stolpert die Zeit, beginnt erneut zu rasen, ein Kuss auf Dornröschens Lippen und die Menschen bewegen sich wieder. Der kleine neue Erdenbürger erlöst uns aus seiner eingefrorenen Dunkelheit der Stille mit den schrillsten Tönen in gewaltigen Frequenzen. Mir stolpert fast das Herz, als sich die Anspannung löst.
Als meine Hand mit dem Zipfel des riesigen Tuches allmählich absinkt, sehe ich die junge Mutter lächelnd auf einer Liege, umringt von ihren Helfern und dem Vater unter hier irgendwie deplatziertem Applaudieren der Umstehenden auf den Fahrstuhl zufahren. Mein Mantel liegt immer noch unter ihrem Kopf, aber ich bringe kein Wort heraus. In meiner Fassungslosigkeit spüre ich eine Art Glücksgefühl, das dieses kleine Wesen, woher es auch gekommen sein mag, auf mich übertragen hat. Voller Ehrfurcht ist mit dem Wunder des Neubeginns etwas über meine Seele gehuscht und hat tatsächlich ein Schmunzeln darauf hinterlassen. Was wohl aus dem Kleinen werden wird, wenn er hier so forsch in die Welt hinaus wollte? Na, hoffentlich kein Diktator.
Ich denke zurück an die Geburt unserer Kinder. Als Vater war es damals mehr als unüblich, diesem Akt

beizuwohnen, geschweige denn, überhaupt einen Gebärsaal zu betreten. Natürlich hatte ich wenig später, als ich zu meiner Frau hineindurfte, auch die Empfindung des „Wunderbaren“, aber irgendein Stück des gemeinsamen Weges fehlte einfach. Wie auch während der Schwangerschaft blieb ich als Mann in gewisser Weise ein Außenstehender, als meine Frau auf die Gefahr ihres eigenen hin ein Leben schenkte.
Wo ist sie überhaupt? Meine Augen grasen suchend die Umgebung ab. Auf einer Bank im hinteren Teil der Eingangshalle erspähe ich sie endlich. Sie hat meinen Blick sofort fixiert und beantwortet ihr Gefundensein mit einem Zwinkern. Ich beginne mich zu entspannen, jemand nimmt mir das Tuch aus der schlaffen Hand und führt mich zu ihr, direkt daneben ein Trinkwasserspender. Ich höre das Plätschern des Wassers in den Plastikbecher und spüre das Benetzen meiner Lippen, das mir wie einem durstigen Gefangenen gut tut.
Dünne Schwaden vermischter mittäglicher Speisedüfte dringen aus der Kantine, die an das Foyer grenzt, an mich heran, ohne jedoch irgendwelche Appetitanregung in mir auszulösen. Die Schiebetür wird wieder auf Normalbetrieb umgestellt, erst jetzt bemerke ich die vorausgegangene Abwesenheit ihres Geräusches. Das Wasser rinnt Schluck für Schluck meine ausgetrocknete Kehle hinab.
Neben mir auf der Bank liegt eine Lokalzeitung, das Feuilleton aufgeschlagen. Ein farbenfrohes Foto prangt im oberen Teil, ein echter Hingucker. In diesem Moment wird es vor mir unruhig, ich sehe auf

und der zurückkehrende junge Vater und die Ärztin von vorhin stehen vor uns. Er grüßt mich mit einem kurzen Nicken und läuft weiter hinaus zu seinem Wagen. Sie bleibt mit einem Lächeln. Während ich darüber nachdenke, womit ich es verdient habe, fragt sie mich, ob es mir gutgehe und ob wir nicht zu dem Kind möchten. Da gestehe ich ihr, dass wir rein zufällig in die Geburt involviert wurden, und frage nach meinem Mantel, den sie in einer Plastiktüte bei sich trägt. Ersteres hat sie wohl nicht vermutet, denn ich sehe jede Menge Fragezeichen in ihrem Blick. Sie gesteht mir ihre Fehleinschätzung meiner Familienzugehörigkeit, bedankt sich für meine Hilfe und beichtet die Befleckung meines Mantels. Ich versichere ihr, dass all dies keine Bedeutung habe, solange es dem Kind gutgehe. Das verspricht sie mir, erzählt irgendetwas von einem Storch, der nun ohne Schutzbefohlenen wieder alleine zur Tür hinausgeflattert sei, und übergibt mir den Beutel mit meinen Mantel, der im Gegensatz zu mir nun schon einen Gebärsaal gesehen hat und ein Abbild dieser Geburt in sich trägt.
Dann neigt sich ihr Kopf zur Seite, ihr Blick wandert zu der Fotografie im Feuilleton, die aufgeschlagen neben mir liegt. Ich nehme die Zeitung, halte sie mit ausgestreckten Armen direkt vor mich, sodass die junge Ärztin den aufgesprühten Schriftzug auf einer leuchtend gelben Hauswand sehen kann.

„Heut' ist ein zauberschöner Tag"

– liest sie flüsternd Wort für Wort, dabei die Lippen fast übertrieben formend, vor.

„Wie passend", gibt sie freundlich zu. Ich senke die Zeitung wieder und frage, wie das Kind denn heißen soll.
„Tut mir leid, ich weiß es nicht", bekundet sie glaubhaft. „Es ging gerade alles so schnell. Aber so richtig geboren ist man ja wirklich erst, wenn der Name das erste Mal genannt wird, nicht wahr?"
Nickend gebe ich der Ärztin recht. Wie beim Verlassen dieser Erde, nur umgekehrt. Wenn dein Name das letzte Mal genannt wird. Meine Frau und ich stehen auf, um uns von ihr zu verabschieden. Erst jetzt sehe ich auf ihrem Namensschild, dass sie hier in der Frauenklinik eigentlich auf einer Krebsstation angestellt ist. Wir sehen ihr noch nach, bis sie mit leicht wehendem Kittel im Fahrstuhl verschwindet und nun wieder in die Etage fährt, in der gestorben wird.

EGO 9

Langsam einander entgegenstrebend, schließen sich die Fahrstuhltüren und lassen den vertikalen Spalt des Blickfeldes außerhalb der Kabine immer dünner werden, bis er verschwindet. Die grüne Etagenanzeige zählt träge die Stockwerke abwärts, während ich das erdanziehende Fahrgefühl bis in die Phase der sanften Abbremsung hinein fast ein wenig genieße. Im Erdgeschoss erlange ich mit dem Stillstand des Liftes mein gewohntes Gewichtsgefühl wieder. Als sich die Türen öffnen, habe ich meinen Ohren bereits die Kopfhörer meines MP3-Players übergewölbt und drücke mich mit der Wiedergabetaste hinein in die Welt meines Hörspiels. Das ist der perfekte Übergang in den Samstagnachmittag. Der Lärm der Einkaufspassage erreicht mich schon nicht mehr und das bunte Treiben neben der einsamen Vorlesestimme in meinen Ohren erinnert an einen unprofessionell bearbeiteten Film, in dem Bild und Ton nicht zusammenpassen. Ich schreite durch die schillernden Verlockungen der Ladenauslagen und bin froh um den einen Sinn, mit dem mich das gefräßige „Kauf ein!"-Monster nun nicht mehr packen kann. Mein Daumen in der Jackentasche sucht und findet die Abspieltaste:

Nachdem Frau Krülls Schwester und deren Mann in Pension gegangen waren, hatte sie oft Bond, ihren Teilzeitdackel, bei sich und ihre Wohnung wurde zu einer Hundepension, da die Herrchen und Frauchen gefühlt alle zwei Monate auf Reisen gingen und ihr Rentnerdasein genossen. Das war nicht weiter tragisch, denn auch wenn der Hund langsam ein gewisses Alter erreicht hatte, verstanden die beiden sich doch ausgezeichnet.
Frau Scheinmeister sah ihn jedoch das erste Mal bei ihr. Er lag zu ihren Füßen und sah mit seinen altersschwachen Augen verstohlen nach oben.
„Tja, Verehrteste, unsere Straße beherbergt eine regelrechte Tierprominenz", fuhr Frau Krüll prahlend fort.
„Tatsächlich?!", fragte Frau Scheinmeister. „Wieso das denn?"
„Nun, wussten Sie nicht, dass unser lieber Herr Pfarrer nicht nur uns als seine Schäfchen hütet, sondern auch noch eine Kaninchenzucht unterhält?"
„Ach ja. Davon habe ich gehört. Gibt es da nicht sogar ein preisgekröntes Karnickel in seiner Zucht?" Frau Krüll nickte. Frau Scheinmeister kicherte.

An der Haltestelle treffen die Straßenbahn und ich wie verabredet ohne große Hast aufeinander. Im Sog der anderen werde ich auf einen Stehplatz ohne Haltegriff geschoben. Das Anfahren zieht mir für einen Augenblick die Beine weg, doch ich kann mich, nicht ganz ohne Stolz auf mein flinkes Reaktionsvermögen, abfangen. Zwischen zwei verdutzten Fahrgastgesichtern hindurch stemme ich mich kurz mit der flachen Hand gegen die Fensterscheibe ab und biete dazu ein entschuldigendes Lächeln. Wie die Fliehkräfte verschwindet allmählich auch mein Handabdruck vom kühlen Glas. Draußen rauscht unter dem Ächzen der Schienen und dem Rattern der Metallräder, das sogar durch die Kopfhörer vor meinem Trommelfell nicht Halt macht, das Spiegelbild unserer Straßenbahn hüpfend von Schaufenster zu Schaufenster. Am Ende des Häuserblocks verschwindet es in der Leere einer Kreuzung, um von dort wieder in die nächste Fensterfront der vorüberziehenden Einkaufsmeile einzutauchen.

Ich vertiefe mich wieder in mein Hörbuch, das von einem meiner Lieblingssprecher gelesen wird. Hewlett Grasps markanter Stimme kann man selbst ohne Konzentration genussvoll zuhören. Seine Intonationen haben bereits ihren ganz eigenen Unterhaltungswert. Mit seinen unerschöpflichen Sprachspektren schenkt er beim Vorlesen jeder Figur einen eigenen Charakter, vom eigentlichen Erzähler losgelöst, dessen Worten ich nun weiter lausche:

Am frühen Abend war Bond dann für ein Weilchen verschwunden. Frau Krüll suchte im Keller und der Waschküche nach ihm, rief laut seinen Namen und einmal entfuhr ihr sogar ein strenges „James!?“.
Aber auch das lockte ihn nicht hervor und erst gegen neun Uhr abends, als sie gerade eine ihrer Lieblingsserien schaute, bellte es vor der Haustür.
Frau Krüll öffnete, der Dackel stand in der Tür und im Dämmerschein des Straßenlichts sah sie, dass er etwas aus dem Maul direkt vor ihre Füße fallen ließ.
„Na, du kleiner Streuner, du kannst mich doch nicht einfach so allein lassen!“, rief sie und bemühte sich um ein wenig Strenge in ihrer Stimme. Er war staubig und schmutzig, sein Fell hing voller Erdbrocken. Bond sah sie stolz hechelnd an und wippte auf den Vorderpfoten hin und her.
Dann sah Frau Krüll zu diesem Etwas hinüber, das der Dackel hatte fallen lassen. Sie hielt es vorerst für einen Putzlappen, aber als sie sich hinab zu dem Dackel hockte, da sah sie plötzlich, dass der „Lappen“ auf einer Seite in zwei großen Ohren mündete. Als Frau Krüll das Knäuel umdrehte, blieb ihr fast ein Schrei im Halse stecken. Da lag ein ebenfalls über und über mit Erde verdrecktes, totes Kaninchen, die leblose Zunge im Mundwinkel und seine Schneidezähne schimmerten matt. Bond hechelte, strich erwartungsvoll um ihre Beine und schleckte an ihr herum.

An der Haltestelle erwache ich kurz aus der eigentümlichen Szenerie zwischen dem Tier und seinem Frauchen. Im vorderen Wagenteil sind viele Plätze frei geworden. Ein Klumpen Passagiere wälzt sich, durch die Tür zu einer Kette aufgereiht, die draußen in ihre einzelnen Glieder zerfällt, aus der Bahn. Ich eile nach vorne und finde einen schönen Logenplatz am Fenster.

„Bond! Aus!“, schrie Frau Krüll, doch er kriegte sich kaum wieder ein. Sie verwies ihn zur Tür, die er nur widerstrebend erreichte, und drängte ihn mit ihrem Fuß wieder hinaus in den Flur.
Dann legte sie das tote Tier auf den Küchentisch. Ein Kaninchen. Mausetot. In seiner Totenstarre hatte es eine skurrile Pose eingenommen. Die eine Schulter schiefliegend, die Hinterläufe in Schrittstellung und die Pfötchen wie ein Bär in Kampfbereitschaft. Es hatte wohlgeformte Ohren, ein schwarz-weiß geflecktes Fell mit dunklem Schnäuzchen. ‚Was hat Bond da nur wieder erlegt?‘, dachte Frau Krüll.

Neben mir lässt sich ein neuer Fahrgast nieder. Mehrere Reihen vor und hinter uns sind frei. Fragend drehe ich den Kopf kurz zur Seite, um mir den Herrn über den Augenwinkel hinaus zu betrachten. Das Profil eines runzligen alten Kauzes mit hoher Stirn, auf der ein breitkrempiger Filzhut thront und unter dem schlaffes, dünnes Haar hervorfällt, zeichnet sich neben mir ab. Seine Backenknochen markieren sich scharf von der feingeschnittenen Nase, sein Kinn springt unter den schmalen Lippen wuchtig hervor. Der Mann ist selbst im Sitzen deutlich kleiner als ich, starrt nach vorne und hält sich mit einer seiner spinnenhaft dürren Hände an den Griffen der Vorderlehne fest. Die andere Hand ruht auf einem großen Einkaufskarton, der zwischen seinen Beinen steht. Verwundert wende ich den Blick wieder ab und lausche weiter der Geschichte:

Wenig später nahm Frau Krüll den Dackel kurzerhand an die Leine, steckte das tote Tier in eine Plastiktüte und trat hinaus auf die Straße. Als sie Bonds stolze Beute in die Mülltonne warf, fing er nochmals an zu kläffen, aber sie zog ihn mitsamt der Leine weg und das ungleiche Paar spazierte gemütlich in Richtung Dorfzentrum. Keine zweihundert Meter später zerrte Bond abermals kräftig vorwärts und sie hatte ihre liebe Mühe, ihn zu halten. Vor dem Pfarrhaus schnupperte er am Gartenzaun entlang. Unter dem Maschendraht war die Erde aufgewühlt und ein Loch mit kleinem Durchgang gegraben. Bond tänzelte aufgeregt davor herum. Frau Krüll konnte ihn an seiner Leine kaum halten und nur mühsam gelang es ihr, weiterzukommen.
Die beiden setzten ihren Weg durch das Dorf fort, als Bond an einer Holzstange sein Geschäft zu verrichten suchte. Er hob das Beinchen an einem Holzpfahl, an dessen Ende ein Schaukasten angebracht war. Zu Bonds meditativem Plätschern versuchte sie die Bilder hinter der von innen leicht beschlagenen Scheibe zu erkennen. Ausgeblichene Fotos des lokalen Kleintierzuchtvereins. ‚Ach da schau her: unser Herr Pfarrer mit seinem Gewinnerkaninchen.'
Plötzlich durchfuhr es Frau Krüll schauerlich! Kleintierschau, das Loch unterm Zaun, die Erde, der ausgerissene und verdreckte Dackel und: das Kaninchen!
Der alte Jagdhund spritzte gerade seinen letzten Tropfen gegen die Haltestange des Schaukastens, sah zu ihr herauf und sie mit großen Augen zu ihm hinunter.
So schnell war Frau Krüll noch nie heimgelaufen.

Die Scheibe, die mir die vorbeizuckelnde Stadtkulisse freigibt, ist zum Glück nicht beschlagen oder verdreckt. Aber hier neben mir spüre ich eine unangenehme Gegenwart. Es ist dieselbe geheimnisvolle Ergriffenheit, die ich manchmal als Kind hatte, wenn ich einen Blick auf mir zu fühlen glaubte und mich nach dem Umdrehen aber davon überzeugen konnte, dass eigentlich niemand da war. Ich schüttle das Gefühl ab und werfe einen kurzen Blick auf den Karton, der zwischen den Beinen meines Sitznachbarn postiert ist. Motorsense von Schnitter, Modell X-IT, Sonderedition. Aus dieser Abschweifung zurückkehrend, konzentriere ich mich wieder auf mein Hörspiel:

Daheim angekommen, stülpte sie sich ihre Haushaltshandschuhe über und begann das tote Kaninchen abzuspülen, das sie unter leichtem Würgen wieder aus der Mülltonne zurückgeholt hatte. Dann ging sie, um den Föhn im Bad zu suchen. Aber schon auf dem Rückweg wurde ihr dieser Fehler bewusst und sie sah bereits beim Öffnen der Tür, wie Bond sich auf seine Weise an der Reinigung des Tieres beteiligen wollte. Frau Krüll entriss das Kaninchen angeekelt abermals dem knurrenden Hund.
„Bond! Sag mal, muss das sein? Meinst du, ich bin ein bisschen blöd?“ Bond blieb Frau Krüll die Antwort schuldig.
Geföhnt erinnerte sie der Kadaver an irgendeinen prominenten Fußballer und er sah damit wieder ein bisschen lebendiger aus. Für ihren Plan jedoch konnte dies nur von Vorteil sein.

Neben mir klopft der Alte ruhig und rhythmisch mit seinem Zeigefinger auf den Karton. Trotz meines Hörbuches kann ich dieses blöde Tack, Tack, Tack deutlich hören. Es nervt. Zu dem kaum ansprechenden Äußeren meines Sitznachbarn gesellt sich auch

noch menschlich wenig Einnehmendes. Mein Blick wandert entlang der Ärmel seines viel zu großen, abgewetzten Tweedmantels hinauf zu seinem abgehärmten Gesicht, in dem ich ein feines Grinsen ausmachen kann. Und im Takt seiner Finger nickt sein Kopf fast unmerklich mit.
Plötzlich dreht er blitzschnell seinen Kopf zur Seite und sieht mich mit seinen tiefliegenden Augen an. Wobei es das Wort „ansehen“ vielleicht nicht ganz trifft. Er durchdringt mich.
In meinen Ohren hört die Stimme des Vorlesers abrupt auf, als mir vor Schreck der MP3-Player aus den Händen gleitet und hinabrutscht, während es gleichzeitig das Kabel aus seiner Buchse reißt. Ich nehme vorsichtig die Kopfhörer ab und höre mich, von einem kurzen Schauer geschüttelt, etwas verstört „Hallo!“ sagen. Mit seiner dünnbefingerten Hand nimmt er den Hut und lüftet ihn, von einem kurzen Nicken begleitet, zum Gruße.
„Servus! War hier noch frei?“, schwappt es dialektbeladen aus ihm heraus. Manche Fragen bummeln in den Leuten etwas, denke ich bei mir, denn mittlerweile ist er schon mindestens drei Stationen mitgefahren.
„Selbstverständlich“, erwidere ich, „wie fast alles hier vor uns!“ Meine Antwort unterbricht sein wie aufgemaltes Dauerschmunzeln nicht.
„Das ist gut, mein Junge!“ Ich hebe meinen Player auf und während er weiterplaudert: „Was hören wir denn Schönes? Menschenverachtende Untergrundmusik?“ Bei diesen Worten beugt er sich ein wenig näher zu mir. Leicht zurückweichend versuche ich,

seiner Distanzlosigkeit zu entrinnen. „Äh, nein", stottere ich, „Hörbuch. Ein Hörbuch. Also ein Hörstück, so, so vorgelesen." Ich kenne mich selbst nicht mehr. Was ist denn das für ein Gestammel von mir!
„Eine Kurzgeschichtensammlung. Sie heißt: Die Abenteuer eines …"
„Eines Leichnams?", ergänzt er krächzend mit unverändertem Mienenspiel. Meine fragenden, angedeutet fischmaulartigen Gesichtsbewegungen erfreuen ihn sichtlich.
„Ist mir durchaus bekannt", gibt er prahlerisch kund. „Ganz nett geschriebene Lektüre." Dann korrigiert er wieder auf einen mir angenehmen Gesichtsabstand und ergänzt mit wohlapplizierter Schärfe: „Führt aber zu nichts! Leider. Manche von den Geschichten sind ja ganz witzig geschrieben. Aber der Autor. Wurde später ein hoffnungslos depressiver Fall. Warte …" Ich sehe ihn kurz seine Augen schließen und nachgrübeln. „An eine Stelle kann ich mich noch gut erinnern. Magst du sie – von mir – hören?"
Ohne meine Antwort auch nur ansatzweise abzuwarten, zitiert er grinsend: „Deine größte Angst vor dem Tod ist doch, dass er an dir vorbeigeht, dich stehen lässt und einfach jemanden mitnimmt, dessen Verschwinden unsagbare Trauer in dir hinterlässt."
Für Sekunden bin ich nicht einmal zu einer schlaffen Antwort fähig. Ich kenne die zitierte Stelle nicht, habe jedoch die Kurzgeschichtensammlung gerade erst begonnen. Aber ich kann dieses Gefühl nicht leiden, als käme jemand zur Hintertür meiner Gedanken herein. Gerne hätte ich das große Fragezeichen auf meiner Stirn jetzt einmal im Spiegel betrachtet.

Die Straßenbahn stoppt und der sonderbare Herr erhebt sich begleitend zu meiner Sprachlosigkeit. Er wirkt auf einmal recht groß.
„Tja. Viel Spaß noch damit, mein Lieber!“ Und er tippt mit beiden Zeigefingern an seine Ohren. „Leider muss ich heute hier aussteigen. Aber wir sehen uns sicher irgendwann einmal wieder. Baba!“ Er nimmt seinen Karton und geht zur Tür. Seine rechte Schulter steht auffällig höher als die linke; der viel zu große Mantel wirkt fast albern. Dann steigt er, die Hand am Haltegriff langsam lösend und kurz zu mir zurückzwinkernd, aus. Haltestelle „Sportstadion“. In einer Verwunderungsstarre bleibe ich an meinem Sitz kleben und die Bahn fährt los. Weg ist er!
Weg bin ich. Ein unbestimmtes Gefühl sagt mir, dass ich ihn nicht unbedingt wiedersehen möchte. Die Bahn ist jetzt fast menschenleer, Leute in Trainingsanzügen und mit großen Taschen sind auch mit ausgestiegen. Ist da heute noch ein Spiel? Oder ein Wettkampf? Vor etwas über ’nem Jahr haben sie doch da drinnen mit ’nem Speer einen niedergestreckt. Ja, ich glaub, das war hier.
Sei’s drum, wieder rein mit dem Kopfhörerkabel in die Buchse. Noch ist Stille zwischen meinen Ohren, als ich die Hörer erneut aufsetze.
Was für ein eigentümlicher Zeitgenosse!
Auf dem Display meines Abspielgerätes zeigt die Uhr in der rechten oberen Ecke kurz nach eins an. Ich betätige die Wiedergabetaste, die Anzeige springt auf „Abspielen“ und ich lande erneut inmitten der Geschichte:

Frau Krüll lief raschen Schrittes durch die Nacht bis vor das Pfarrhaus. Das Herz schlug ihr bis zum Hals, als sie das Gartentürchen öffnete, welches zum Glück nicht vom Lichtkegel der Straßenlaterne erfasst wurde. Vorsichtig trat sie ein, schlich über den knirschenden Kies des Hofes und gelangte zu den Kleintierkäfigen. Müde schauten die mummelnden Kaninchen in den Strahl ihrer Taschenlampe. Und tatsächlich: Frau Krülls Verdacht bestätigte sich. Einer der untersten Käfige, der seinen Bewohner als Hans-Egon auswies, war leer. Denn, und daran hatte Frau Krüll nun keinen Zweifel mehr, es war Hans-Egons Gewicht, das schwer in ihrer Jackentasche nach unten zog. Sie nahm den Beutel heraus und bat den lieben Gott auch im Namen von Bond um Verzeihung. Im Stall wurde es plötzlich unruhig.

„Macht jetzt nicht so einen Lärm!“, bat Frau Krüll flüsternd die Karnickelgemeinde. „Bond wird keinem von euch mehr ein Leid antun, das verspreche ich!“ Sie hob den Zeige- und Mittelfinger zum Schwur und sah ängstlich zum Pfarrhaus hinüber. Nur im zweiten Stock brannte Licht, ansonsten blieb alles ruhig. Frau Krüll zog Hans-Egon an einem Ohr aus der Tüte und legte ihn vorsichtig zurück in seinen Stall. Dann bestreute sie das Fell noch ein wenig mit Stroh, ließ den Rest der Behausung ein wenig wie nach einem Kampf aussehen und die Stalltür offen. Sie schlich sich, wie sie gekommen war, nach draußen. Die Erde am Zaun schob sie mit den Füßen wieder in das Loch und den Tunnel zurück, trat sie fest und legte eine frische Grasnarbe darüber. Zumindest im Halbdunkel sah das Ganze jetzt doch zufriedenstellend unauffällig aus.

In den nächsten Tagen lief alles seinen gewohnten Gang. Als Frau Krüll nach drei Tagen keine negativen Schlagzeilen aus dem Dorfbuschfunk erfuhr, erachtete sie die Angelegenheit als erledigt und hielt Bond für rehabilitiert.

Kurz vor meiner Haltestelle mache ich mich zum Ausstieg bereit und schaue auf das Display meines MP3-Spielers. Der Strich auf dem Zeitstrahl bewegt sich kontinuierlich wie die Bahn auf ihrer Schiene. Das Ende der Geschichte ist fast erreicht. Wir halten, die Türen geben den Ausgang frei.
Nach dem Hinaustreten bleibe ich noch, als die Straßenbahn hinter meinem Rücken davonfährt, stehen und sauge gierig die frische Luft in meine Lungen. Herrlich! Wie Anschluss an kaltes klares Wasser, dazu das zunehmende Licht des Frühlings. In der Ferne dunkelt der Himmel noch ein wenig ab, mal hoffen, dass ich vor irgendeinem Nieselregen daheim bin.
In der Haltestelle hängen hinter Glasvitrinen alte Plakate, die von der Sonne des vergangenen Jahres entfärbt und verblasst sind. Neben der Werbung eines Baumarkts, den es mittlerweile gar nicht mehr gibt, hängt die ebenso veraltete Ankündigung für eine Aufführung des hiesigen Theaters: „Jedermann. Ein Theaterstück nach Hugo von Hofmannsthal".
Jedermann. Metamorphose von Leben zu Tod. Das Kaninchen. Ich bemerke meine kurze Unkonzentriertheit und lausche der zwischen meinen Ohren wieder lauter werdenden Vorleserstimme:

„Der Herr Pfarrer hat es mir ganz aufgeregt im Gemeindehaus erzählt und sagte, er habe kurzzeitig geglaubt, der Leibhaftige habe ihm einen Streich spielen wollen!"
„Heiliger Strohsack, was ist denn passiert?", bohrte Frau Krüll jetzt nachdrücklicher. Frau Scheinmeisters Besuch war überraschend gekommen. Nun trank sie einen Schluck von ihrem Kaffee

und biss herzhaft in einen der Kekse. Man hörte ihr unverschämt langsames Kauen, das zweiunddreißigfache Zerbröseln des Gebäcks, bis sie endlich nach einem genüsslichen Schluck Kaffee anhub: „Wussten Sie, meine Liebe, das preisgekrönte Kaninchen des Herrn Pfarrer ist tot!“
‚Ach nein, Frau Schlaumeister‘, dachte Frau Krüll gelangweilt, tat aber weiter interessiert und fragte: „Wie ist es denn dazu gekommen? War es denn schon so alt?“
„Das weiß ich nicht“, entgegnete Frau Scheinmeister abwinkend. „Es lag einfach eines Morgens tot im Käfig.“
Frau Krüll wurde stutzig. „War denn der Käfig offen?“, fragte sie jetzt doch äußerst interessiert.
„Nein, um Himmels willen, nicht dass ich wüsste. Ganz friedlich lag es da, sein Siegerkarnickel.“
Jetzt wurde Frau Krüll noch viel stutziger. War etwa noch jemand nach ihr dort gewesen? War sie beobachtet worden? Frau Scheinmeister sah sie verwundert an.
„Ist alles in Ordnung mit Ihnen? Bis jetzt ist doch an der Geschichte noch nichts Eigenartiges.“
Da war Frau Krüll allerdings anderer Meinung.
„Na, nun erzählen Sie schon, was ist dann passiert?“, forderte sie ihre Besucherin auf, während sie sich nervös die Hände rieb, mit denen sie Hans-Egon in die Stätte seines letzten Atemzuges zurückgebracht hatte.
„Stellen Sie sich vor, Verehrteste, der Herr Pfarrer hat dann am Vormittag sein geliebtes Kaninchen unter Tränen vorne neben dem Baum am Zaun begraben.“
Frau Scheinmeister nahm sich wieder einen Keks.
‚Diese blöde Kuh, immer wenn’s spannend wird, muss sie was mampfen‘, dachte Frau Krüll. Diesmal hielt es die Nachbarin aber selber kaum aus und fuhr fort: „Aber am nächsten Morgen

lag das Kaninchen wieder in seinem Stall. Immer noch mausetot, aber wie frisch frisiert!"
Das war zu viel für Frau Krüll und die Kaffeetasse auf ihrem Unterteller, die sie in der Hand hielt, begann zu klappern. Frau Scheinmeister gab weiterhin flüsternd zu bedenken:
„Und wissen Sie, was noch eigenartiger ist?"
Sie sah sich geheimnisvoll um, obwohl außer den beiden Frauen niemand im Raum war: „Sein Grab am Zaun war wieder ein Stück unversehrte Wiese."

Damit endet die Geschichte. Ich schmunzle und stelle mir das innere Gelächter von Frau Krüll und das verständnislose, dumme Gesicht von Frau Scheinmeister vor. Für den Rest meines Fußweges werde ich kein neues Kapitel aus „Abenteuer eines Leichnams" mehr beginnen.
Musik? Musik! Ich suche in meiner digitalen Sammlung herum und finde eine Playlist, die ich vor Jahren angelegt habe.
Los gehts! Der Beat stampft, ich merke, wie ich schneller laufe. Die Rhythmen regnen angenehm auf mein Trommelfell herab. Ich lasse die Welt des Hörbuchs hinter mir und längst in irgendwelchen Schubladen versunkene Tagebücher öffnen sich. Noten und Töne steigen aus den Seiten auf, verlesen die musikalischen Verknüpfungen meiner Erlebnisse. Mit den Erinnerungen trete ich in einen Film ein, den Musikfilm mit Episoden aus meinem Leben. Jeder Song erinnert mich in Zeitsprüngen an irgendetwas. Und ich bin der Held in diesem Film, der Soundtrack passt sich perfekt meinem Schritt an, komplett konzipiert für diese Lebensausschnitte. Takt für Takt

legt sich der Rhythmus meiner Bewegung mit dem musikalischen übereinander. Die Stimmen der Sänger und die Instrumente streichen über mich hinweg und interpretieren fragmentierte Momente vergangener Zeiten. Alle Stimmungen vereinigen sich und strömen wunderbar mit mir durch den Tunnel meiner Gegenwart. Viele der Lieder sind zur richtigen Zeit in meinem Leben angekommen und hätten möglicherweise in einer anderen Phase nicht ihren jetzigen Stellenwert in meiner Welt eingenommen. Am Ende gehört doch alles in irgendeiner Weise zusammen, macht in sich einen Sinn und präsentiert sich durch das große Retrospektoskop wie ein fertiges Gemälde oder ein Erwachsenenpuzzle.

Ich biege in unsere Straße ein und meine Hand durchforscht die Hosentasche bereits unterbewusst nach dem Schlüssel. Als dieser sein Schloss findet und meine Wohnungstür klackend öffnet, trete ich mit dem Abnehmen meiner Kopfhörer wieder in das Jetzt ein. Manchmal wünschte ich, diese Wege würden nicht enden und der Schritt zurück in die andere Welt nicht so abrupt durch eine Stopp-Taste mit dem Aufwachen aus den vertrauten Erinnerungen, in denen ich musikalische Ablichtungen meines Lebens gehört habe, unterbrochen werden.

In der Stille meiner Wohnung muss ich immer wieder an den eigenartigen Fahrgast denken. Er war mir fremd und doch kam er mir irgendwie vertraut vor. So ein Gesicht mit vielen Gesichtern. Woher wusste er, wie mein Hörbuch heißt? Wahrscheinlich hat er es auf dem Display gelesen, als mir vor Schreck das Gerät hinuntergefallen ist. Und er kennt den Autor.

Alter Angeber. Vermutlich nicht persönlich, lächle ich leise in mich hinein, denn der ist, glaube ich, längst tot. Ich ziehe mich aus und versuche die Gedanken von mir abzuschütteln.
Ein kleiner, jedoch bemerkenswerter Appetit macht mich auf sich aufmerksam und führt mich in die Küche. Der Kühlschrank ist in dieser Hinsicht leider kein guter Suchthelfer. Ich kann ihn praktisch nicht wieder schließen, ohne etwas entwendet zu haben. Ich öffne die Kühlschranktür, hinter der ein Licht erstrahlt und mir allerlei feine Gaumenfreuden feilbietet. Gebannt stehe ich vor diesem kalten Gemälde und spüre seinen Bann. Aus mir schaut das – sehr lebendige – Kaninchen auf seine Schlange und harrt bewegungslos und starr. Ich sollte nichts nehmen, ich befinde mich zwischen den Mahlzeiten, das ist ungesund, unvernünftig und ungünstig für einfach alles. Doch da habe ich auch schon meine Beute fixiert und es ist das Anheben eines unsichtbaren Fadens an meiner Marionettenhand zu spüren, der Appetit und meine Schwachheit ziehen gemeinsam daran, fies einander zukichernd, mit voller Kraft. Mein beugsamer Wille zieht die Hand wieder ein Stück zurück, doch es ist ein ungleicher Kampf, das alte Tauziehen zwischen Reiz und Trieb, das ich meistens verliere.
Sekunden später schließe ich die Tür, um sie gleich wieder zu öffnen. Jetzt ist alles egal, ich gebe mich hin, die Schlange schnappt zu und das zweite Kaninchen stirbt für heute. In meinen Händen prangt die Beute. Ein leckeres Stück geräucherter Knackwurst und dazu ein Fläschchen Ketchup werden sich gemeinsam zur vereinigten Vollkommenheit des Genusses

an meinem Gaumen treffen. Ich werde mich über mich ärgern, aber das kann vorläufig noch warten. So tue ich mich an der Wurst gütlich und verfeinere sie im Abgang mit einem üppigen Schluck Ketchup aus der Flasche. Einfach abartig. Und so gut! Manche Genüsse sind nur in Abwesenheit von kulinarischen Moralpredigern erlaubt. Und wo keine Zeugen sind, da ist auch nichts passiert.
Plötzlich quietschen draußen auf der Straße unangemeldet und mit unverschämt vielen Dezibel Autoreifen auf dem Asphalt. Mein letzter Leckerbissen bleibt mir dabei fast im Halse stecken. Solchen Lärm ist man hier nicht unbedingt gewöhnt. Leider kann ich die Ursache des markanten Geräusches von hier oben aus nicht ordentlich einsehen, obwohl man den Gummiabrieb fast riechen kann. Aber, wer hätte es gedacht, meine nimmermüde Nachbarin vom gegenüberliegenden Häuserblock hat sich wie üblich mit einem Lungenbrötchen zum Public Viewing auf dem Balkon niedergelassen und alles unter Kontrolle. Als Dankeschön für ihre allumfassende Aufmerksamkeit proste ich ihr mit der Ketchupflasche zu. Das findet sie immer besonders nett.
Da ich bei der Straßenvorstellung nur als Zuhörer geladen bin und keinen schönen Logenplatz mit direkter Sicht zur Bühne bekommen habe, lasse ich die „Miami Vice“-Doubles da unten eben fliehen. Gemütlichen Schrittes und angenehm vorgesättigt gehe ich hinüber ins Wohnzimmer und sinke erschöpft in eines meiner Prachtstücke der Polsterkunst.

Mit einem abgehackten Rauschen meldet sich plötzlich hinter mir der Fernseher. Ich schrecke kurz auf, spüre aber innerhalb von Sekundenbruchteilen den Grund des geisterhaften Einschaltens rechts an meinem Oberschenkel. Die Fernbedienung hat sich wieder einmal in einer der Nischen zwischen den Polstern verschanzt, in der man sie so gerne sucht.
Fingernd lasse ich meine Hand nach der Übeltäterin fahnden, meinen Kopf entspannt in der Nackenlehne, die kleine Aufregung hat sich gelegt. Hinter mir höre ich noch die Flimmerkiste, in der das etwas übersteuerte Rauschen beim unverhofften Einschalten in ein monotones, auf- und abschwellendes Geschrei von Fußballfans übergegangen ist. Diese blöden Rasenkasper.

EPILOG

Durch die Lautsprecher konnte man die verzerrte Männerstimme des Stadionsprechers hören, die mit ihrer für sie typischen Betonung die Namen der Athleten bekannt gab und neue Informationen zum Verlauf des Wettkampfes ankündigte.
Der Mann verharrte bewegungslos und schloss die Augen. Für ihn war es so weit. Er war eigenartigerweise ruhig und gelassen. Um ihn herum fieberte die rastlose Welt, die sich immer und unbarmherzig weiterdrehte. Er ließ seinen Blick weit über das Stadion schweifen. Jubel, Trommeln, Pfiffe und Applaus mischten sich in der Luft. Der Wettkampf tickte in seinem routinierten Selbstlauf dahin, Konzentration und Anspannung, Freude, Enttäuschung und Erleichterung gaben einander Raum.
Seine Turnschuhe saßen perfekt, auch der Trainingsanzug passte noch immer und lag ihm wie eine zweite Haut an. Genau wie früher.
Er holte tief Luft, verließ mit dem Ausatmen festen Schrittes das Südtor, das ihm einige Minuten Schutz geboten hatte, und querte dann die Tartanbahn. Die unbemannte Hochsprunganlage rechts neben ihm wirkte im Trubel der übrigen Wettkampfstationen wie eine verlassene Ruine. Nicht weit von ihm entfernt wurden die Läufer für die einhundert Meter Hürden vorgestellt, denen man trotz ihrer tänzelnden Leichtigkeit kurz vor dem Start die Angespanntheit jeder Muskelfaser ansehen konnte. Athletisch und mit einer durchscheinenden Physiognomie wie aus dem Ana-

tomiebuch, wartete alles in ihnen auf den erlösenden Startschuss.
Er hörte, wie ihm noch irgendjemand etwas nachrief, aber jedes Wort verschwamm in dem anschwellenden Jubel der Zuschauer, welcher dem nun folgenden Wettstreit der Teilnehmer des Speerwerfens galt. Alles in ihm wurde von einer wachsenden Gleichgültigkeit eingenommen, ein unsichtbarer Wattebausch verdichtete sich um ihn herum und ließ die Zuschauer und den Stadionsprecher in dumpfer Ferne zurück.
In seinen Gedanken taumelten die Bilder der Enttäuschung, er schmeckte ihren bitteren Schmerz. Sie glichen Vögeln, die ihre Brut zu Hunderten verteidigten und sich in einem düsteren Szenario wieder und wieder auf ihn stürzten, malträtierten und auf ihm kleine bluttropfende Wunden hinterließen.
Der Startschuss für den ersten Lauf der einhundert Meter Hürden schallte donnernd durch die Zuschauertribünen und erhellte blitzartig seinen Geist. Eine Drüse spülte ihm Mut in die Adern und er begann schneller zu gehen, mitten hinein in das Herz des Stadions, um endlich von ihm verschluckt zu werden.
In seinem rechten Augenwinkel verdichteten sich die rasanten Bewegungsabläufe der Hürdenläufer in ihrer Monotonie mit dem gleichmäßig lauten Lärmpegel der Zuschauer. Weiter drüben, am anderen Ende der Wiese, standen die Hünen des Zehnkampfes und pantomimisierten ihre komplexen Bewegungsabläufe.
Dann schwollen Beifall und Anfeuerungsrufe ab, eine kurze Stille in den Zuschauerreihen überschattete einen kurzen Moment und erstarkte dann von Neuem in einem langsamen Crescendo für die Speerwerfer.

Aus seinem zügigen Gehen entwickelte sich ein Traben. Sein Atem, sein Puls wurden schneller.
Im schwächer werdenden Licht der Dämmerstunde waren die Flutlichter bereits eingeschaltet worden und allmählich strahlten sie kräftiger als der verblassende Tag. Am Rande des Rasenovals sah er den archaischen Körper eines Speerwerfers in höchster Konzentration. Kurz bevor der Kampfrichter den Wurfsektor freigab, konnte er förmlich die von dem Sportler gedachte Flugbahn spüren, das kraftvolle Moment des Loslassens, die geballte Energie, den Schrei.
Das Dröhnen der Menge im Stadion nahm zu, als das Fähnchen des Kampfrichters ruckartig fiel. Der Werfer begann sich auf seinen Beinen hin und her zu wiegen und zu trippeln. Er hob den Speer in der eisernen Faust wie ein Krieger über die Schulter. Aus dem Tänzelnden wurde ein Trabender, dann ein Laufender.
Der Mann versuchte, die Augen des Werfers zu fixieren, und rannte selbst hochkonzentriert immer schneller. Der Lärm um ihn schwoll weiter an, immer voller, ohrenbetäubend. Vier Halbschatten auf dem Rasen begleiteten seinen Lauf, er in der dritten, der vertikalen Dimension.
Immer schneller, immer lauter.
Dann streifte der kraftvolle Schrei des Abwurfs sein Ohr. Eine höhere Geschwindigkeit würde der Speer auf seinem Flug nicht mehr erreichen und das zerschneidende Surren in der Luft kam näher wie eine Erlösung. Mit gewaltigen Sätzen stampfte er dem Speer entgegen, der sich aus seinem Zenit heraus all-

mählich begann zu neigen und mit seinem Gewicht in die Erdanziehungskraft zu tauchen.
Mit jedem seiner Schritte glaubte er abzuheben, weg vom Rasen, weg von seinem nichtswürdigen Leben.
Mit der Flugbahn sank auch die Tonhöhe im Stadion.
Wie berauscht löste sich der Mann vom Boden und hatte wie in Trance das Gefühl, seinem Richtwerkzeug mit ausgebreiteten Armen entgegenzufliegen.
Dumpfer Einschlag.
Der Tonlevel im Stadion brach bei zweiundsiebzig Metern jäh ab, als der Mann sein Ziel erreicht hatte.
Zwischen dem Himmel und ihm herrschte abrupte Stille.
Vor vielen Jahren, auch hier im Stadion, war er einmal der Beste. Einer ist immer der Beste. Solange es keinen Besseren gibt. So einfach ist und war das.
Um ihn herum brach eine tosende Dämmerung herein und seine Schatten in den Flutlichtern waren sehr kurz geworden. In Fetzen hörte er Stimmen, lauter und wieder leiser werdend. Sie winselten nach Sanitätern, doch er betete, schneller zu sein als die Retter.
Sein Kopf kippte zur Seite. Er sah zu, wie der Rasen geduldig sein Innerstes stetig sickernd aufnahm, wie sich sein Blut mit dem Gras braun verfärbte. Chlorophyll und Hämoglobin.
Menschen kamen angerannt, hektische Unruhe in seinem Sehfeld, unbeholfene Arme und Gesichter. In all dieser Rastlosigkeit blickte er wie durch eine Gasse der Stille, an deren anderem Ende eine fahle Gestalt mit einem breiten Hut in schierer Unbeweglichkeit auf ihn starrte. Dunkel sah sie aus, mit schiefer Schulter und eingefallenen Augen, die trotz der Entfernung

durchdringend, aber nicht bedrohlich auf ihm ruhten. Ruckartig wendete sich die Kreatur von ihm ab, die Gasse schloss sich wieder, während all die Schreie um ihn herum dumpfer wurden.
Er hatte schlagartig das Gefühl, alles aus der Vogelperspektive mitzuerleben. Verzweifelte Münder, die ihn nicht mehr rührten.
„Er ist tot!“ Sie drangen kaum noch zu ihm. „Er ist tot!“ Und da erlebte er mit kindlicher Freude im Erlöschen des Himmels das vielgerühmte Zurückgleiten durch den tunnelartigen Sog im Rückwärtsgang seines Lebens.

EGO 10

Er ist tot. Er ist im Himmel, beim lieben Gott. Oder: Er ist jetzt irgendwo, ganz weit weg. Sie sagen es alle ein bisschen anders, wenn ich vor seinem Bild stehe und nach ihm frage. Dann weinen sie meistens ein bisschen. Opa ist tot. Das beschäftigt mich. Wo ist Opa hin, wenn er tot ist? Eigentlich kenne ich Opa nur von dem Bild an der Wand. Oma läuft manchmal noch in schwarzen Sachen herum. Das ist wegen Opa, hat Oma gesagt.
Draußen ist ein großer Trubel. Es ist viel Besuch da, alle kommen, schauen und trinken Schnaps. Wir machen heute Wurst, weiß ich von Mama. Auch Leberwurst, die esse ich am liebsten. Im Hof ist unser dicker Fleischer Ucke mit seinen bunten Bilderarmen

und dem Zopf. Ucke schenkt mir immer ein Wiener Würstchen, wenn ich mit Papa in der Fleischerei einkaufen gehe. Die sind lecker. Esse ich auch am liebsten, gleich in der Hand im Laden.
Opa war ein toller Mensch, sagt Oma immer. Warum ist denn Oma dageblieben und nicht mit Opa tot? Oma kauft auch manchmal mit mir ein. Dann essen wir beim Fleischer sogar noch eine Soljanka im Laden. Und ein Würstchen.
Jetzt will ich auch zu dem großen, dicken Fleischer mit raus. Der ist immer so lustig. Vielleicht hat er ja ein Würstchen dabei. Aber Mama und Papa erlauben mir nicht, mit hinaus auf den Hof zu gehen. Aber ich will, es sind doch so viele Leute da. Papa hat gesagt, manche Sachen sind noch nichts für kleine Kinder bei einem Schlachtfest. Nachher darf ich mit dazukommen. Aber ich will jetzt!
Pst, vorsichtig die Klinke runterdrücken und hinaus durch die Tür schlüpfen. Hat niemand mitgekriegt. Da stehen sie. Ich kann mich ja heranschleichen, wie die Indianer im Film. Aber ich muss vorsichtig sein, damit mich keiner entdeckt. Bin schon im Hof und schaffe es bis hinter den Holzstoß. Juhu! Ich habe alle ausgetrickst, ich bin ein schlauer Indianer. Das Holz riecht gut. Man darf aber nicht da hochklettern. Das ist kein Spielplatz, sagt Oma immer.
Plötzlich quiekt und grunzt es drüben im Stall. Das ist Elvis, das dicke Schwein von Onkel Klaus. Das ist ganz schön laut. Hoffentlich wacht meine kleine Cousine nicht auf. Ich muss ja zum Glück keinen Mittagsschlaf mehr machen, weil ich schon groß bin. Was soll Elvis denn hier draußen? Ich glaube, er will gar

nicht auf den Hof. Zumindest hört es sich nicht so an, als ob Elvis das wirklich will. Er will bestimmt lieber wieder in seinen Stall, wo ich ihn immer füttere, wenn wir hier bei Onkel Klaus zu Besuch sind. Mit Kartoffeln und manchmal bekommt er auch Rüben, die ich heimlich aus dem Garten hole. Elvis mag Rüben. Da grunzt er immer ganz zufrieden. Und quiekt nicht so schlimm wie jetzt. Im Garten, ganz hinten am Zaun, da stehen kleine Pilze. Die hab ich auch für Elvis gepflückt. Ein paar hab ich auch gleich selbst gegessen und noch ein paar eingesteckt. Elvis haben sie auch geschmeckt.
Oma hat mal gesagt, Opa hätte Musik von Elvis. Ich hab mir die Schallplatten angeschaut, aber der sah da anders drauf aus auf dem Bild. Das war ein Mensch. Warum geben sie dem Menschen den gleichen Namen wie unserem Elvis?
Jetzt kann ich ihn gut sehen von meinem Geheimversteck aus. Da ist er. Der Fleischer Ucke und Onkel Klaus wollen, dass er hier draußen bleibt. Ich weiß, dass Elvis lieber zurückwill, aber die beiden halten ihn fest. Drüben auf der anderen Seite vom Hof stehen ein paar fremde Leute und erzählen ganz laut.
Ich habe Angst, wenn Elvis so quiekt. Ob ich schnell wieder hineinrenne? Aber dann entdecken sie mich und kennen mein Geheimversteck. Ich muss jetzt hierbleiben. Der Fleischer hat einen Stab in der Hand, sieht aus wie eine Taschenlampe oder eine Luftpumpe. Was machen die denn nur mit Elvis? Onkel Klaus hält ihn an den Ohren fest.
Oh, da drüben kommt Mama aus der Tür und sieht sich überall um. Bestimmt sucht sie mich. Aber ich

bleibe in meinem Versteck, damit sie mich nicht findet. Und mein Versteck auch nicht. Plötzlich knallt es und Elvis hört auf zu quieken.
Elvis liegt dort auf dem Boden mitten im Hof. Sie haben ihn losgelassen. Was ist denn das für eine dunkle Pfütze? Ist das …?
Ich höre mich schreien, ich schreie, ich kann nicht anders. Alle Leute schauen auf einmal zu mir rüber und Mama kommt auf mich zugerannt. Der Fleischer und Onkel Klaus drehen sich auch um. Ich schreie noch lauter. Elvis bewegt sich nicht mehr und da ist Mama auch schon da und drückt mich an sich. Zum Glück hat sie mich gefunden.
Mama, Mama, was habt ihr mit Elvis gemacht? Ich werde ihm nachher eine Rübe geben, ganz heimlich, damit ihr es nicht merkt. Das Knallen hat ihm doch bestimmt wehgetan. Mama hält mich fest und ich weine, so doll, dass Mamas Bluse ganz nass wird. Was habt ihr mit Elvis gemacht? Mama sagt, Elvis ist jetzt tot.
Er ist tot. Wieso ist Elvis jetzt tot? Damit wir etwas Gesundes zu essen haben, sagt Mama. Habt ihr das mit Opa auch so gemacht? Ich versuche, mich aus Mamas Umarmung zu befreien, aber sie ist stärker. Aber ich bin auch stark. Wieso ist Opa tot und Elvis und …
Da kommen auch Papa und Onkel Klaus und jetzt müssen alle mithelfen, weil ich sehr stark bin. Sie tragen mich hinüber in die Küche und ich kann den Fleischer sehen, er macht irgendwas mit Elvis und Elvis bewegt sich nicht mehr. Hat der Fleischer Opa auch totgemacht? Ein bisschen böse sieht er ja aus.

Obwohl er immer lustig mit mir ist. Also, ich werde keine Wurst mehr von ihm essen und keine Soljanka, wenn ich wieder mit Oma oder Papa in seinen Laden gehe.
Dann sind wir drinnen, meine Tränen fließen und ich muss sehr schluchzen, kann aber nichts dagegen machen. Das kommt wie von selbst. Mama streichelt mich. Papa sagt, ich soll doch drinnen bleiben im Haus. Langsam beruhigt mich Mama wieder. Auf ihrem Schoß ist es am schönsten. Sie erklärt mir irgendetwas mit sterben und tot sein und Opa habe es anders gemacht und wir hätten Opa auch noch gerne hier. Jetzt weint sie selber und Papa muss mich nehmen. Er hebt mich hoch, das hat er schon lange nicht mehr gemacht. Weil ich schon so groß bin, sagt er sonst immer. Jetzt auch wieder. Aber er hat mich trotzdem auf dem Arm. Es ist schön bei Papa auf dem Arm. Schade, dass ich schon so groß bin.
Papa, was ist Sterben? Papa überlegt und sagt, es ist vielleicht auf einmal ganz, ganz schnell alt werden. Er verspricht mir, dass wir nachher zum Fleischer Ucke und zu Elvis gehen, wenn ich nicht mehr weine. Er hält sein Versprechen. Als wir in die Hofküche mit den vielen weißen Fliesen kommen, macht Fleischer Ucke mit dem Wasserschlauch gerade sauber. Die roten Flecken und Streifen auf dem Fußboden werden heller und sind dann auf einmal im hellroten Wasser und schwimmen auf und davon in den Abfluss. Elvis ist nicht mehr in der Hofküche. Aber Papa sagt, er habe uns Geschenke dagelassen, die sind nur von ihm und nur für uns. Er hilft uns, damit wir nichts Schlechtes oder Krankes essen müssen.

Aber was für Geschenke? Ich sehe keine Geschenke! Es ist gar nichts eingepackt in schönem Papier. Da sind gar keine Geschenke!
Der Fleischer hat dicke Bockwurstfinger. Er tunkt sie in einen Topf mit frischem Blut und malt mir aus Spaß Striche quer über die Stirn und die Wangen. Papa sagt: „Lass doch den Unsinn, Ucke!" Aber Onkel Ucke erklärt mir, dass die Indianer das auch so machen, als Kriegsbemalung. Das stimmt, hab ich im Film schon gesehen. Ich bin jetzt ein Indianer. Trotzdem ist es so nass und ein bisschen warm auf meiner Stirn. Das ist irgendwie eklig, mir ist ein bisschen schlecht, glaube ich. Ich flitze hinaus und draußen wird der Strich plötzlich kühl, ich merke ihn sehr, vor allem beim Rennen. Die anderen Leute auf dem Hof lachen. Viele von ihnen kenne ich gar nicht, sie sind wahrscheinlich vorhin neu dazugekommen. Manche trinken irgendwas aus ganz kleinen Kindergläsern.
Ich finde es immer noch nicht so richtig schön mit den Streifen auf meinem Gesicht. Versteht mich denn keiner? Endlich nimmt Mama einen Lappen und wischt mir meine Kriegsbemalung ab. Mir ist immer noch ein bisschen schlecht. Meine dicke Tante Karola holt mich und Mama jetzt herein. Sie ist immer sehr lieb.
„Komm, mein Kleiner", sagt sie, „ausnahmsweise darfst du heute zum Schlachtfest einen ganz kleinen Eierlikör aus dem Schokobecher trinken." Mama sagt erst nein, aber dann darf ich doch. Weil ich schon so groß bin. Tante Karola holt die gelbe Flasche aus dem Holzschrank und stellt ein paar von den leckeren Schokowaffelbechern auf den Küchentisch. Dann

kriecht der dicke Eierlikör ganz langsam aus der Flasche und klettert an der braunen Schokowand vom Becher hinauf. Das sieht schön aus! Aber nur einmal kosten, dann ist Schluss. Mama ist Ärztin, sie weiß das! Tante Karola lacht und sagt, dass es nicht so schlimm ist. Erst koste ich einen kleinen Schluck und als Mama sich kurz wegdreht, schenkt Tante Karola heimlich noch ein bisschen ein. Geheimnisvoll hält sie sich den Finger an den Mund und macht „Pst!". Den Eierlikör schlecke ich aus wie eine Katze. Hm, lecker! Jetzt esse ich noch den Waffelbecher auf. Mir wird langsam ein bisschen warm und meine Nase läuft. Tante Karola hilft mir aus der Jacke und will mir die Nase putzen.
„Hast du ein Taschentuch eingesteckt?", fragt Mama. Ich nicke und zeige auf die Jackentasche. Mama kramt darin herum. Da ist auch noch eine halbe Rübe drin. Und ein paar Pilze. Sie putzt mir die Nase und fragt, was das für Pilze sind. Ich erzähle ihr, dass ich sie für Elvis gefunden habe.
„Nur für Elvis?", fragt sie. Ich sage nichts. Mir ist immer noch schlecht.
„Nur für Elvis?", fragt sie nochmals, fast ein bisschen streng.
„Nein", sage ich, „ich hab lieber auch mal probiert, falls sie nicht schmecken, dann darf man ja die Pilze dem Elvis nicht geben."
Mama wird auf einmal blass und sieht in alle Gesichter von den Erwachsenen im Raum. Sie zieht mir meine Jacke wieder an und nimmt mich auf den Arm. Obwohl ich schon so groß bin. Dann gehen wir ganz schnell zum Auto. Ich will aber Erster sein,

renne vor und überhole sogar den bösen Fleischer, der auch gerade weggeht und mir noch irgendetwas hinterhermurmelt. Gewonnen! Ich zerre am Türgriff. Aber das Auto ist noch zugeschlossen.
Ich drehe mich noch mal zu Mama um. Endlich kommt sie, die lahme Ente. „Aufmachen!“, rufe ich.

EGO 11

Das Schloss klackt, die Sicherungen schnappen hoch und auf ist die Tür. Die verschleierte Sonne kämpft sich nur mühsam ab und zu durch eine kleine Lücke im bedeckten Frühlingshimmel. Erschöpft lasse ich mich in den Autositz gleiten. Nein, ich verschmelze mit dem Sitz, will nie wieder raus. Was war das eben? Bin ich wach oder ist das nur ein schlechter Traum? Anschnallen, Schlüssel umdrehen, Kupplung, Gang rein und Gas. Bloß weg hier, mit meinen Kippen und dem Feuerzeug. Soll sie doch da oben in ihrer Wohnung mit dem Löffel hocken bleiben. Blöde Tussi! Ich mache nicht als Letzter das Licht aus, wenigstens das nicht. In die Wüste fahren, bis der Tank leer ist, dann aussteigen und weitergehen. Mann, hab ich einen Durst, Schluss machen macht durstig.
Hab ich wirklich gerade …? Oder doch eigentlich sie – mit ihrem Bekenntnis? Das … das ist doch alles nicht wahr! Oder doch? Angst. Ich werd’ sie in Kürze unendlich vermissen. Es wird mir mein Herzgelenk auskugeln. Und dann kommt das große Abnehmen.

Wenigstens etwas Positives. Zehn Kilo, ganz ohne Sport. Einfach nur aus Kummer. Was für eine bittere Diät!
Ein Krankenwagen rauscht mit Blaulicht vorbei. Wie lange dauert es, bis man begreift, dass es vorbei ist? Bald wird es losgehen mit dem vernichtenden Schmerz in der Brust, wenn das Herz beginnt zu kapieren und mehr wehtut als jede sichtbare Verletzung. Kein Rettungswagen wird dann vorbeikommen und mich mit Blaulicht und Sirene ins Krankenhaus bringen. Keine Schmerzinfusion, keine stabile Seitenlage, niemand näht den Riss wieder zu. Tatütata …
Irgendwo in der Nähe des Krankenhauses halte ich, parke ein und drehe den Autoschlüssel auf die Home-Position. Kurze Pause. Einzelne blaue Fetzen im Wolkendunst. Ein Scheißnachmittag! Ich will nicht allein sein. Ich will alleine sein! Wo sind meine Kippen? Hier! Gleich werd' ich euch durchziehen. Alles fühlt sich dumpf an, pelzig, so unecht. Warum? W-a-r-u-m?
Ach, soll sie doch Gold gegen Scheiße eintauschen. Wird schon wieder angekrochen kommen. Ich kann einfach nicht an Endgültigkeit glauben.
Wir waren doch so lange zusammen. Zu lange? Wenn ich bedenke, wie das damals losging. Und jetzt dieser radikale Schnitt, wegen – ich weiß nicht, zu viel Gewöhnung, zu viel Routine, abgeschliffenen Kanten? Oder nur wegen diesem Penner? ‚Vielleicht liebe ich euch beide?' So einen Müll kann sie für ihre Zeitung schreiben! Aber doch nicht für uns …
Augen zu, ich pflücke einen dahindämmernden Traum aus dem dämlichen Traumfänger, der noch

trostlos wie ein Relikt von ihr am Rückspiegel baumelt. Meine Welt ist ausgebremst, die da draußen dreht sich weiter. Weiter. Weiter. Egal, ob ich wieder einsteige oder nicht. Wann zerreißt es mich?
Träumen, verschwinden in die Vergangenheit, um das Futter der Erinnerung wiederzukäuen. Zeitreise. Hauptsache weg von der Realität.
Es tut noch gar nicht so schneidend weh, noch immer nicht. Wie in so einem Dogma-Film läuft die Chronik unserer Beziehung in meinem Kopfkino ab. Wir waren noch halbe Zwerge mit langen Schatten. Bilder erheben sich vor meinem inneren Auge wie kleine Puzzleteile. Eins um das andere taucht aus dem See des Vergessens auf, fügt sich zusammen zu einem längst verloren geglaubten Bilderbuch, durch das ich ängstlich bis zum nun bekannten Ende hindurchblättern kann. Ein Buch, das ab jetzt zurück ins Regal kommt. Mit einem Klick löst sich der Sicherheitsgurt und schleicht wie von Zauberhand quer über meine Brust hinauf in seine Halterung.
Und ich war so verknallt! Ich erinnere mich, wie ich das erste Mal die Konturen ihrer kleinen, festen Brüste durch ihre Bluse schimmern sah, wie sich ihre Brustwarzen geheimnisvoll, wie durch einen Schleier abzeichneten, als sie sich seitlich neben mir am Fenster herabbeugte. Ich konnte den Blick einfach nicht davon lassen und war titanisch darum bemüht, meine Gebanntheit niemandem preiszugeben. Aber ich musste immer wieder hinschauen. Die süße Vorstellung einer unsichtbaren Berührung.
Von diesem Augenblick an war meine Sehnsucht nach ihr noch vervielfacht. Ich litt kleine, angenehme

Qualen in unerfüllbaren Träumen. Egal, wann ich sie sah, die bloße Anwesenheit dieser Frau strahlte jedes Mal etwas Engelsgleiches auf mich ab. Selbst wenn ich mich sehr zusammenriss, hätte ich ihr auf der Stelle jeden Wunsch erfüllt. Ihre Aura war ein alles erfassendes, von mir besitzergreifendes trojanisches Pferd, eröffnete ein wildes Spektrum begieriger Sinne in mir, deren feine Nervenendungen erwartungsvoll zuckten. Und wenn sie den Raum betrat und mich doch einmal beachtete, mich in höchster Vollendung vielleicht sogar zufällig berührte, breitete sich in mir eine wärmende Zufriedenheit aus, die, je näher sie mir kam, wie von einer flüssigen Begierde geflutet und übermannt wurde. Doch ich blieb fast homöopathisch mit meinen Eroberungsmöglichkeiten und war bereit, das Vorhandene als den sicheren Spatz in der Hand zu akzeptieren. Kleine Komplimente, die ich wie zufällig wohlplatziert einbrachte, wurden meist mit einem entwaffnenden Lächeln entlohnt. Aber schon im nächsten Satz vereitelte sie das Gesagte als bloße Übertreibungen von mir oder gab mir gleiches Lob zurück, sodass sie nie in einen Missstand geriet oder mir gar etwas schuldig blieb. Ich kam ihr einfach nicht bei, glitt viel zu oft von ihrer charmanten Art wie an glatten Kacheln ab.

Und hatte ich mich, allen Mut zusammennehmend, einmal durchgerungen, ihr, aufrecht stehend und innerlich zitternd eine Einladung zu einem Rendezvous auszusprechen, dieses unsägliche Wagnis, bei dem ich immer mit den schlimmsten Reaktionen rechnete, fand sie jedes Mal absolut plausible Entschuldigungen. Sie besaß eine Meisterschaft in der

Kunst, mich über das Freundschaftliche hinaus zu ignorieren. Wenn sie doch einmal voreilig zugesagt hatte, klebte ihr meist eine dieser voyeuristischen Drittpersonen im Schafspelz des moralischen Schildwächters am Bein. Ich verwünschte diese ungebetenen Alibi-Anhängsel, betete mir einen riesigen, aus der Erde hervorschnellenden Schlund herbei, der diesen Eindringling und Saboteur meiner kostbaren Stunden mit ihr auf der Stelle verschlingen sollte. Meine unaussprechliche Verliebtheit verbarg jegliche Unsicherheit ihrerseits, sodass sie für mich die anbetungswürdige, selbstbewusste „Überfrau" blieb, an der all meine Gefühle stumpf abprallten. Auf derartigem Glatteis wandelnd, wagte ich meine ersten Flügelschläge, um ihre Zuneigung und dann ihr Herz zu erobern.
Dann dieser Abend, an dem unsere Leichtigkeit zu ungeahnten Höhen in der lauen Sommerluft aufstieg und sie mich tatsächlich mit einem delikaten Rosa auf den Wangen fragte, ob ich nicht Lust hätte, noch ein wenig mit ihr nach Hause zu kommen. Ihre Eltern seien nicht da und wir könnten doch gemeinsam zu Abend essen. Für einen Augenblick verstand ich gar nichts mehr, als würde ich ein Buch in fremder Sprache lesen.
Lust. Hatte sie ernsthaft „Lust" gesagt? Meine Beine badeten in der Produktpalette sämtlicher Weichmacher. Ich konnte nicht glauben, etwas Derartiges aus ihrem Mund gehört zu haben. Wahrscheinlich war ich gerade verrückt geworden, hörte Stimmen, die das Unglaubliche aussprachen, nur um mich mal wieder ordentlich zu verletzen. Doch ihre wartenden

Augen sagten mir, dass ich nicht einer akustischen Fata Morgana meiner Träume erlegen war. Nie war mir bis dahin eine Antwort klarer und selbstverständlicher gewesen, nie war ein JA absoluter in mir, längst vorformuliert und für Augenblicke wie diesen bereitgelegt. Und nie hatte ein JA eine größere Kluft zwischen meiner ausufernden, nicht wahrhaben wollenden Freude und meiner betont gleichgültigen Antwort gebildet. Ich hörte mich selbst ein „Mal sehen, warum eigentlich nicht?“ sagen, während alle Zeiger in mir auf ein tausendprozentiges, bedingungsloses Eingehen auf ihre Einladung wiesen. Meine äußerliche Gelassenheit drohte durch eine innere Hitze erbarmungslos dahinzuschmelzen.
Wenig später fand ich mich in ihrer Wohnung wieder. Das erste Mal in diesen heiligen Hallen, mir gänzlich neu und ihr so vertraut. Genau das aber ließ mich doch rasch alle Distanz gegen das Fremde aufweichen und verkleinern. So fühlte ich mich als willkommener Eindringling nicht unwohl. Sie stieg, wenn auch ohne jeglichen Verlust meiner Bewunderung, von ihrem Olymp der Unerreichbarkeit auf eine angenehm fassbare Nähe herab. In ihrer erfrischenden Art zeigte sie mir ihr Königreich, eine Neubauwohnung, in der das wirklich Interessante für mich das Zimmer blieb, in dem sie selbst den Großteil ihrer Zeit daheim verbrachte. Hier hoffte ich, ein wenig mehr über dieses zauberhafte Wesen und vielleicht sogar eine Spur von mir selbst zu finden.
Ich empfand es wie eine große Auszeichnung, dass sie mich so nah an sich und das Ihre heranließ, sie, das verschlossene Buch mit dem kostbar verzierten

Einband, die sonst höchstens einen kontrollierten, fast zensierten Einblick gewährte. Ich war nun der Auserwählte, der das Einreisevisum bekommen hatte, die Erlaubnis, einsehen zu dürfen in einen Teil ihrer Privatsphäre. In meiner Wahrnehmung, auf einmal etwas Besonderes für sie zu sein, schwebte ich zwischen zwei Zuständen. Der eine konnte die Realität erfassen und sie endlich einmal auf ein menschliches Wesen reduzieren. Der andere taumelte immer wieder in diese Unfassbarkeit hinein, die jegliche Nähe zu ihr als etwas weiterhin Unglaubliches deklarierte.
Dann aßen wir, was der Kühlschrank ihrer Eltern hergab. Das Aufgetischte war von so unglaublicher Unwichtigkeit, mir schmeckte an diesem Abend uneingeschränkt alles wie ein Sonntagsbraten.
Unmissverständlich hatte sie mein großes Buch der Liebe aufgeschlagen und ungefragt begonnen, sich in das Inhaltsverzeichnis einzuschreiben.
Und jetzt? Da steht ihr Name, stehen all die geteilten Erinnerungen. Augen zu lassen, weiterträumen! Verdammte Realität! Vorbei? Nein. Das geht doch nicht! Mein Herz im Eierschneider. Kalte Tatsachen. Neue Tatsachen. Eine Zeit in Aussicht, die ich überleben muss. Nichts wird schön sein. „Das ist der große Schein. Den muss jeder machen", sagt eine Stimme in meinem Kopf. Jetzt bin ich also damit dran. Und dieser Vollidiot, was muss der auch in unser Leben hineinschneien und in *ihrem* Buch rumkritzeln?
Nun steigt mir das Wasser doch hinter die Lider. Ich presse sie zusammen. Mein Kopf klappt zum Fenster hinüber und lehnt an der kühlen Scheibe.

Ein kurzer Schreck, neben mir heult ein Motor auf, irgendein Hilfsrennfahrer rast in einem Affentempo vorbei. Desorientiert reiße ich die Augen auf, die Tränen spritzen gegen das Glas. Ich wusste gar nicht, dass so was möglich ist. Da kleben ein paar dünne Tropfen und heulen weiter. Weit schaffen sie es nicht. Und jetzt? Die Scheißsonne kommt durch, blendet mich und trocknet mir auch noch meine schönen Tränen weg.

EGO 12

Bravo, dann muss es ja gleich einen Regenbogen geben, wenn sich so ein düsteres Gesichtsunwetter und dieses Strahlen begegnen. Bei einer derart attraktiven Höhensonne sollte man sich eigentlich genüsslich zurücklehnen und die Augen schließen. Aber ohne Sinn dafür verlässt dieser Ignorant mein Sprechzimmer und läuft im Warteraum nur unachtsam an dem Leckerbissen von Weiblichkeit vorbei. Vielleicht habe ich ja Glück und es wird meine Patientin, die da erwartungsvoll zu mir hereinschaut. Die Ambulanzschwester steht in der offenen Tür und schnattert draußen mit einer Kollegin, während mein letzter Patient wieder heimtrottet. Aber irgendwie kam der mir bekannt vor. So ein Hüne. Muss mal kurz in den Vorbefunden schauen.
Hier! Jetzt klingelt's. Na klar! Das ist der Speerwerfer. Mann, ist der fett geworden. Bei dem hatte ich doch

seinerzeit den Lungentumor rausgefischt, als er, wie war das doch gleich? Genau! Als er den Fahrradunfall hatte und bei mir war zum Röntgen. Und was steht da noch als Nebendiagnose während seines damaligen Aufenthaltes? Depression und posttraumatische Belastungsstörung? Junge, Junge. Jetzt wirkte er ja ganz normal. Na ja, ist ja auch schon ein bisschen her. Zum Glück ist es diesmal nichts Dramatisches.
Aber hoppla, wie ich sehe, meint es das Leben heute gut mit mir. Die Schwester schließt die Tür, nachdem die Pralinendame aus dem Wartezimmer tatsächlich mir, dem King der Notfallambulanz, zugeteilt wurde. Verdienterweise, ganz klar. Aber mein Entzücken ist nur von kurzer Dauer, denn unverkennbar hat sie einen kleinen Klotz am Bein dabei. Dass die immer mit Kind anrücken müssen, noch dazu eins mit so einer Übelkeit verkündenden Miene. Die Sprechstundenhilfe grinst schadenfroh, die alte Schabracke. Sieht meine Felle den Bach runterschwimmen. Ich lass mir mal nichts anmerken, immer charmant bleiben, gleich ist Feierabend.
Das bezaubernde Muttertier lässt sich sorgenvoll ausatmend nach unserer Begrüßung in den hartschaligen Anamnesesitz vor meinem Schreibtisch gleiten. Jetzt ganz cool bleiben. Wer ist hier der Arzt?! Dem kleinen Störenfried teile ich eine Plastikspritze zum Rumspielen zu, da ist der erst mal ruhiggestellt, damit sich die Erwachsenen auch schön unterhalten können. Mit der größten Empathie, die ich in diesem komplett gekachelten Sprechzimmer ausdünsten kann, höre ich mir ihre Problemschilderung an.

So, so, sie ist eine Kollegin – immer ein beliebter erster Satz zum Einstieg! Zugegeben, das schränkt die außerdienstlichen Begegnungsmöglichkeiten weiter ein, mit der „Ich bin Arzt und operiere"-Nummer brauche ich ihr wohl nicht zu kommen. Gleich wird sie mit Fachbegriffen um sich schmeißen, damit ich auch ja kapiere, wie schön sie im Studium aufgepasst hat. Denn viel weiter hinaus dürfte sie in der Ausbildung noch nicht geschwommen sein oder sie hat ein verdammt gutes Make-up. Und diese Bluse, ui, ui, ui, ich muss mich konzentrieren. Brav lauschen, verständnisvoll nicken.
Was hat sie grad gesagt? Pilze sammeln? Vergiftungserscheinungen? Ich schaue zu dem Zwerg hinüber, der apathisch an der Plastikspritze herumfummelt. Ein Feinschmecker, der junge Herr, da wird die hübsche Frau Mama wohl noch viel Freude mit ihm haben, wenn er erst mal auf andere Substanzen kommt. Vielleicht hat er ja noch eine große Vergangenheit vor sich. Von praktischem Fachwissen zeugend, packt sie auch gleich ein paar von den unscheinbaren, des Myzetismus verdächtigten Gartenpilzchen, die sie bei ihrem Welpen gefunden hat, aus.
Und, oh Glück, ich kenne die Sorte und danke dem lieben Gott wieder einmal für die beiden Jahre Ausbildung in Mikrobiologie.
„Keine Sorge!"
Ich nicke schlau und packe aus: „Das, liebe Frau Kollegin, ist ein Faltentintling. Wurde einst in Kenntnis seines praktischen Wirkprinzips von missgünstigen Erziehungsberechtigten benutzt, um Liebhaber und Widersacher galant aus dem Weg zu räumen oder um

die eheliche Monogamie zu wahren! Der Trick war, dass das Schwämmchen nur in Verbindung mit Alkohol giftig ist. Und unser kleiner Schlawiner gehört ja wohl noch nicht zu den Konsumenten solch edler Getränke?", erkundige ich mich.
Sie lächelt beruhigt und verneint, aber von nebenan kommt aus einem kleinen Mund eine Beichte, die ihrer Erinnerung dann plötzlich und erschreckend auf die Sprünge hilft. Das kleine und überhaupt nicht doofe Kerlchen hat nämlich mitgehört und verkündet sein Fachwissen über die für Kinder unerlaubten Inhaltsstoffe im Eierlikör. Das liebliche Antlitz der Schönen friert ein und ihr dämmert die traurige Gewissheit, welche ich in meiner Rolle als Arzt leider bestärken muss, dass der sündige Kindermagen ausgepumpt werden sollte.
Daraufhin wechselt die Gesichtsfarbe der jungen Frau Doktor in ein attraktives Rot, da Mutterschaft und Fachkunde nun scheinbar ein wenig gegeneinander aufbegehren. Ich schmunzle mitleidig in mich hinein und versende sie zum hausinternen, bösen Magenauspumper. Nun ja, den Eierlikör als klassischen juvenilen Alkopop hätte sie auch mit mir trinken können und der Sohnemann wäre um eine unangenehme Erfahrung ärmer. Schade drum, da muss ich jetzt wohl doch alleine meinen Durst löschen gehen. Andere Söhne haben auch schöne Mütter.
Au revoir, edles Sinnbild des dekorativen Geschlechts!
So, jetzt aber rasch entkitteln und an die Nachtschicht übergeben. Ich verabschiede mich freundlich von meiner Diplompflegfachfrau, DiplPflFF, wie ich sie

liebevoll nenne, und strebe – durstgetrieben – aus der einen Versorgungseinrichtung hinüber in die nächste. Ich stoße die Holzflügeltür an ihren ausgeblichenen, schräg gestellten Griffen auf und einen Schritt später stehe ich in der prächtig verrauchten und verwinkelten Schankstube des Etablissements „Zur fröhlichen Leber“, keine 150 Meter Luftlinie neben dem Krankenhaus, wie in einer anderen Welt. Kneipenduft und billige Musik dröhnen in meinen von Arbeit abgeschabten Sinnen. Abgedroschene Schlager spiegeln die entfernten Träume der anwesenden Kandidaten wider und hier und da bewegen einige der Solisten leise die Lippen zum Refrain. Da sitzt textsicher jede Zeile, die manche von ihnen noch begleiten wird, bevor sie nachher in ihre spröde, müde Welt nach Hause torkeln. Es ist schließlich Freitagabend, Pflichtprogramm: TGIF – *Thank God, it's friday!* –. Ich will entspannen und genießen. Schon klar, dass ich nach diesem Stelldichein den kalten Duft der Kneipe in Stimmung und Kleidern noch ein Weilchen mit nach Hause nehme.
Dann mal auf zur Bar! Hinter mir wippen die Flügeltüren echoartig ab. Die einst sicher einmal weiß-beige, billige Holztäfelung, die hier die Tapete ersetzt, dämmert matt und vergilbt von den Wänden, hier und da bedeckt durch Bilder mit Hirschmotiven, Burgen oder unglaublich verwegenen Trinksprüchen, einem gerahmten *Grand Ouvert*, deutsches Blatt (von vor sechs Jahren und mit allen Namen der Mitspieler), einer Kuckucksuhr, die wie ein alter Schuppen mit Zeiger aussieht – alles prächtige Accessoires, herrlich prollig. Gründerzeitgardinen fallen schlaff von ihren Stan-

gen und sind mit an Wahrscheinlichkeit grenzender Sicherheit seither keiner Reinigung mehr zugeführt worden. Wozu auch?

Musternde Blicke, ich klopfe kurz zum Gruße auf den Tisch mit der großen Glocke und der Aufschrift „Stammtisch". Keiner klopft zurück, die Stimmung ähnelt fühlbaren Noten von Ennio Morricones filmmusischem Klassiker *„Spiel mir das Lied vom Tod"*. An einen Holzbalken gelehnt, der kerzengerade aus der Bar herausragt, mache ich meine erste Bestellung. Stille Vorfreude auf das Bier und die leise Benebelung, die all seine Nachfolger begleiten wird.

An der Theke, halb mit dem Rücken zu mir, steht ein knochiger Alter mit breitem Filzhut und einem mindestens *Second*-Hand-Tweedmantel in Übergröße. Schulterhochstand rechts, na ja, und die jämmerliche Anatomie, die da durchschimmert, erinnert schon etwas an Unterholz aus den Tiefen des Waldes. Er hat einen doppelten Schnaps vor sich stehen und seine Rechte umklammert den kleinen *Sanitäter in der Not*, während die dünngliedrigen Finger dieses Vorstadtrumpelstilz geduldig den Rhythmus der Hits aus dem Pleistozän seines Lebens am Glas hämmern und ein wenig wie vertrocknetes Obst wirken. Mit hohlem Blick und pantomimischen Kaubewegungen starrt er in Richtung des verspiegelten Barregals, wo all die feinen Tropfen Seite an Seite ihr Dasein fristen, so, als plane er bereits das nächste Schlundopfer für seine Kehle.

Ah, endlich, mein Bier kommt akkurat gezapft mit kühler, feuchter Glaswand auf dem Pappdeckel serviert und der kriegt korrekterweise seinen ersten Lat-

tenstrich des geplanten Fünferzauns mit dem Kugelschreiber vom Wirt.
Bin zwar nicht oft hier, aber wenn, ist es einfach klasse. Keiner von den aufgesetzten Schickimicki-Idioten, die mich drüben im Krankenhaus immer nerven. Richtig schöner Fluchtpunkt zweier Welten, Arbeit und Heim. Den Alten hab ich hier noch nie gesehen. Hat aber auch nix zu sagen. Wär ganz pfiffig, mal mit ihm ins Gespräch zu kommen, vielleicht eine abgefahrene Story aus seinem Leben zu hören. So ‘n bisschen zur Ablenkung. Soll ich ihn einfach einladen? Da, jetzt nimmt er sein Glas hoch, setzt's wieder ab, wieder hoch – und ohne es dem Drehmoment des Zufalls zu überlassen, an die Lippen. Da packt mich die Gunst des Augenblicks und ich höre mich rufen: „Alter, warte! Wetten, dass ich mein Bier schneller weg hab wie du deinen Kurzen? Los komm, um ein Bierchen!"
War das jetzt wirklich so schlau? Mir ist ehrlich gesagt grad so schnell nichts Besseres eingefallen. Auf 'ne plumpe Einladung wär er wahrscheinlich nicht abgefahren. Jetzt ist es irgendwie ganz schön still, fast zeitraffend. Na klasse, jetzt setzt er sein Glas ungetrunken wieder ab. Ich kann fast die knirschende Wendung seines Kopfes hören, als lauere plötzlich eine Gefahr. Ich werd' ziemlich schräg angeguckt. Sein Blick mustert mich langsam von unten nach oben, meine Schuhe, meine Hose, die Jacke, das T-Shirt. Komme mir vor wie ein gescannter Strichcode an Kasse 4. Jetzt ist er bei meinen Augen angekommen, sieht mich durchdringend, fast diabolisch an. Ich fühle mich wie eine der Flaschen im Barregal, 'n bisschen Lächeln hilft ja

immer und ich versuche, meine Mundwinkel zuckend nach oben zu bekommen. Gleichzeitig schiebt er sich mit seiner Linken, die er langsam aus der Hosentasche zieht, seinen Hut zurecht, sodass sein zeitzerfurchtes Gesicht mit den kleinen durchdringenden Augen in den vollen Quermaßen zur Geltung kommt. Letzter Schliff, sein Zeigefinger bringt die Hutkrempe in Position. Die buschige linke Augenbraue zieht sich wie eine überalterte Reminiszenz an Mr. Spock nach außen oben und elegant wippt gleichzeitig das rechte Augenlid die Waage haltend abwärts. Und keine Wimper zuckt, als er verkündet: „Lass mal, Junge. Ich weiß schon, solche gibt es."
Ich verstehe die Welt nicht mehr. Er hätte sich doch jetzt mit einem winzigen Schluck ein ganzes Bier verdienen können. Und nur sein Miss- oder fehlendes Selbstvertrauen bringt ihn um eine leichtverdiente Beute. Dann halt nicht. Der Alte schaltet den Rücklauf ein, bis er seine Ausgangsposition wieder einwandfrei erreicht hat, und befördert seinen Schnaps mit dem zweimal elegant auf und ab wippenden Apfel Adams in die Tiefe.
Dann knallt's, patsch! Überfreundschaftlich schlagen mir zwei riesige Pranken auf die Schultern, mein Unterkiefer klappt aufgeregt abwärts. Was war das? Ich drehe mich hastig um und sehe wie versteinert auf einen etwa 1,90 Meter großen und locker 150 Kilo schweren, nicht unsympathisch dreinblickenden Fleischberg mit Gesichtspelz und streng nach hinten gefesselten Haaren. Er teilt mir grinsend mit: „Wenn du trinken willst, dann mit mir. Pils gegen Pils!" Dabei zeigt er mit seinem, wahrscheinlich aus

einer Bockwurst-Doku entlaufenem Zeigefinger auf mich, auf sich und noch mal auf mich.
Wieder einer dieser Momente, in denen man beginnt, seine Gutmütigkeit und Spendierhosen zu hassen und sich zu fragen, ob man noch alle am Sender hat und das wirklich in irgendeiner Weise den Zielvorstellungen des heutigen Abends entspricht. Meat Loaf beugt sich zu mir herab und eben diese Bewegung setzt sich dann peristaltisch über meinen Kehlkopf bis hinab in die tiefe Magengegend fort.
Was kommt jetzt? Gezwungenermaßen inhaliere ich bierlastigen Atem aus Mund und unfrisierten Nasenlöchern von sehr nahe gegenüber und schaue in zwei Bud-Spencer-artige Sehschlitze. Allerdings immer abwechselnd in einen der beiden, denn der Abstand ist etwas zu, sagen wir: ausladend, als dass dies ohne Pupillenspagat zu bewältigen wäre.
Da kann ich meine Chancen noch so durchrechnen, klar ist: Ich bin bei dem Wettstreit wohl oder übel dabei – Ausfahrt verpasst! Es ist ja nicht Antipathie auf den ersten Blick, aber doch ein gewisses Unwohlsein, was da mitschwingt. Ich nicke, Zustimmung heuchelnd. Der Wirt zapft grinsend eine frische Tulpe und stellt sie vor meinen vierschrötigen Rivalen hin, während er mir in ausgezeichnetem Dialekt die Regeln eines solchen Wettbewerbs erläutert. Den hypertrophen Gast nochmals musternd, überlege ich kurz, ob ich ihm sage, wie hübsch doch sein schmalzverwöhntes Zöpfchen und die Nietenjacke sind, verkneife es mir aber dann.
Ich kenne meine Qualitäten in Sachen Schädelflutung und gerade wegen meiner leptosomen Hechtsta-

tur werde ich hinsichtlich der quantitativ möglichen Getränkezufuhr häufig unterschätzt. Doch das Körper- und Verteilungsvolumen meines Gegenübers ist durchaus überzeugend. Skeptisch umklammere ich mein noch unberührtes Glas. Der Wirt schwingt in einer Doppel-Acht, die jeden Formel-1-Rennkommissar hätte vor Neid erblassen lassen, sein verkrustetes Handtuch als Startsignal. Ich öffne, wie üblich zu diesen Anlässen, den Kehlkopf, schalte alle Schluckreflexe aus und lasse das Getränk einfach in meinen Schlund hinabfallen.

Alte Technik. Mein Vorteil ist deutlich. Übermutig knalle ich das Glas auf den Tisch und will mir gerade den Schaum aus den Mundwinkeln wischen, da – zum Teufel, aus meinem Sportgerät ist ein Zweiteiler geworden, das Glas am Stiel zersprungen. Üble Sollbruchstelle.

Um uns: Augen, Gaffer, einige Fans scharen sich mit einer, leider einhelligen Meinung: Disqualifikation wegen Glasverlust. Null zu null. Kaum hab ich die Ersetzung der Materialkosten versprochen, steht das zweite Glas vor uns. Die Chance auf einen Überraschungsangriff scheint verspielt. Mein Mut schwindet und ich hoffe inständig, dass sich das eingedenk der aktuellen Kampfeslust des trinksportlichen Gegners nicht in einem ängstlichen Blick widerspiegelt. Doch der zweite Startschwung mit dem Tuch kommt rechtzeitig, bevor ich zu heftig ins Grübeln abgleite. Wir setzen die Gläser an, ich wohl leider ein wenig zu übermütig, sodass eine gehörige Portion Schaum an meinen Mundwinkeln herausschwappt und mir beim Trinken unangenehm die Lefzen und den Hals ein-

nässt. Aus diesem Grund führt, dank der ungeschriebenen Regeln dieses Turniers, auch diese Runde zu keiner Wertung durch all die beherzten Schiedsrichter.
Das darf doch nicht wahr sein! Solche Schusselfehler. Wenn ich hier einigermaßen auf zwei Beinen das Lokal verlassen möchte, muss ich mich zusammenreißen. Glas Nummer drei folgt, mein Gegenspieler zeigt seine unangefochten beste Leistung. Es ist zum Mäusemelken. Wir setzen, soweit für das normale Auge erfassbar, absolut gleichzeitig ab. Es entsteht eine wilde Diskussion über die fehlende Ausstattung der Kneipe hinsichtlich einer Lichtschranke zur Zeitmessung derartiger Wettkämpfe. Da pflichte ich mal lieber großspurig bei, nicht zuletzt, um meine innere Aufgeregtheit plattzumachen. Allmählich verschwindet diese jedoch. Langsam, aber sicher sitzt mir der Dämon Alkohol im Nacken. Auf nüchternen Magen. Ich halte mich mal lieber mit der Linken am Barmobiliar fest.
In mir beginnt's allmählich zu grinsen, so'n bißchen medi-, meditativ. Ich seh' mich wie Rocky vor seiner letzt'n entscheidend'n Runde im Ring, all die hart'n Trainingsb'säufnisse in Gedanken wiederhol'nd. Ich lass' den Drill dissiplinjierter Alolholphagozsytose nochmals Revue passier'n, erlebe für ein' kurz'n Aug'nblick die schlimm' Katasonntage geballt wieder, seh' mich oben aufm Gipfel eines Berges von abgearbeitemt'm Leergut, 360°-Persbektive, die Lichtrefl'xe vom Sonn'naufgang inner emporgehob'nen Flasche und der letzte Tropfen

fluppt in Zeitlupe vom Glasrand auf meine Zungenspitze.
Oh Mann, nüchtern ist futsch, ej, ab in'n Sanitärbereich. Hinter mir hör' ich allgemeines Gemurmel und die Trinkmaschine folgt mir. Puh, zum Glück is eine von'n Toilette'nkabin'n frei, bin ungestört. Aah, hearlich, Erleichtarung durch Harnabschlagen, fast wie Luftzuwedeln vom Boxtrainer.
„Hey, lass sofort das schmutzige Ding los!", schallts von draußen rein mit einem Grunzen – oda sollte das'n Lachen sein? Doofkopp, mit so flacher Ironie entlockste bei mir keine Zwerchfellbewegigung und meine Urinparab'l bleibt Zickzack-frei. Jetz ma anschdrengen: „Hy-, Hy-, Hygiene is eines meiner Leitmotive und im Gengsatz zu dir auch die Sauberkeit der äußren Gschlechsmerkmale – wechen ihrer räumlichen Ausdehnung!" Das musste jetzt ma eingeflochten werd'n. Auf den dumm' Spruch kann ich sein Augenverleian fast hör'n, aber er hält zumindest mal'n Schnab'l.
So, nu ma raus aus'n Klo, krassa uratlastiga Duffkreis. Händewaschn is wichtig, Wassa marsch. Ei, wenn ham wa denn da im halb blind'n Spiegel … Meine Herrn, das isser, mein Kontraent, denkt wo, ich seh ihn nich, der feine Herr, verrieg'lt sein' Hosenstall und: bekreuzicht der sich grad? Das issas Zeichen. Mein Zeichen! Jetz hatta mich als respekablen Gegna eing'stuft.
Wiejda im Ring, am Tresen is klar: diese Runde wird üba alles enscheid'n. Da isser, der Windhauch vom karjiert'n Tuch, gib alles, Mann! Kampfenschloss'n

befehl' ich meiner Kehle schtreng eine eilije Beförerung und hopp!
Ja! Leeres Glas samf und eindeutich als ersta auf'm Tresenholz szentriert. Im selbm Moment, in dem mein Rivale absetzt, verabschied't sich d' letze Schlaga aus'n Boxen und verschwindet ungevergessen im Platt'nfach der Schukbox. Lieba Gott, mach Musik, is gans schön schdill hier. Müsste ma eina jetze neue Müns'n einwerfn. Macht wieda keine Sau Anstalt'n und alle glotzn mich an. Oh, auch der g'schlag'ne Großmeista, Bierglas an der Hosennaht. Wa'scheinlich zadrüggd er's gleich, wie der Seewolf die rohe Kk-hartoff'l.
Huch, Mensch, hab ich mich erschreckt, blöde Uhr! Muss'n dieser senile Kuguguck wie'n Wahnsinnicha aus'm Kasten schnell'n und hia so offd sein' Nam' in'n Raum krächz'n? Ein Glück, 's Schwingtürchen über'm Szifferblatt is wieda dicht. Grabesschdille. Hihi, ich kann die Kohl'nsäure im Restbier der an'ren Gäste knistan hör'n.
Wieso schaut'n der mich so an? Muss ma böse szurüggschaun. Was für'n Hüne. Eins is klar: jetz gib's entweja kollegjiale Poche oda 'ch werd' apzektiert aufjenomm'n. Puh, heißer Grat, scheiß Schwerkraft. Zieht mich schon irg'ndwie nach all'n Seit'n. Der Alohol-Konsum war wohl doch'n bisschen übahastetet. Meine Obalider sink'n uf Halbmast. Macht wassa wollt, 's Opferlamm erwartet den ers'n Schlag.
Aba nix passiert. 's Verliererglas wird vonner ganz szahmen Hand abgestellt und vor mir baut sich eine gewaltije Schpannweite aus tattooverwöhnten Arm'n im Tischörd vonner bös'n, bös'n Mettlband

auf. Schlägt wie 'ne Flutwelle üba mir zusamm' und mir wird kurz schwarz vor Aug'n. Was für'ne krasse, wabbliche Fettmuskelmasse, mmhh, mitta Duftnote eina ganz'n Männerumkleide beim Sportfest! Das sinn ja locka drei Szentner Fleischeinwaache auf mein'n dünn'n Schultern. Mein Gesicht ist inner schön warm'n Männerbrust vergram. Scheiße, jetz knick'n mir die Knie au'noch ein. Aba was klingt'n da für'ne Melodie, hör ich recht?
„Ich bin Ucke. Gratuliere, du kannst trinken!"
Hahaha, ich kann trink-ken! Scheinbar kann ich sogar weida fesde Nahrung zu mir nehm'n. Ich binna Sieger. Monsieur Ucke grinst mich an und bestellt unser Dessert, eine „Gerstenkaltschale" mit dick Schaum o'm drauf, hamwa uns ja redlich verdient.
Nebm mir hör' ich so 'ne Art Meckern, könnte auch 'n Lachen sein. Stammt aus ei'm faltich'n, erfahr'nen Gesicht mit verschmisst'n Aug'n. Das dünne, schlaffe, graue Haupthaar vom speckichen Filzhut befreit, sacht der Alte, der di ganse Zeit grins'nd dabeigestand'n hat: „Siehste, mein Junge, das hab ich mir gleich gedacht."

EGO 13

Ich blicke ihn an. Was dieser Mann durch seine Augen wohl im Leben schon gesehen hat. In seinem Gesicht erkenne ich viele Gesichter, junge und alte, glatte und zerfurchte. Die Risse, die in Falten seine

welkende Haut durchziehen, sind wie Eisblumen an den Fensterscheiben eines Hauses: Sie zeugen von Leben. Lachen und Weinen, aus dem Schatten ins Licht blickend und umgekehrt. Da steht er, vom Alter gebückt, im Türrahmen und sieht fast ein wenig verloren darin aus. Wie groß er wohl einmal war?
Er starrt mich ein wenig ungläubig an, fast wie einen, den er erkennt, aber nicht genau weiß, wo er ihn in seinem Leben einordnen muss. Er setzt die Brille, die ihm an einem Band um den Hals hängt, auf und mustert mich erneut. Dann aber huscht ein Erkennen über sein Gesicht, er bittet lächelnd: „Kommen Sie herein", und reicht mir seine halbversteifte Hand, die mit einer ihr absolut eigenen Geschmeidigkeit nachher wieder über die Klaviatur tanzen wird.
„Sie sind gealtert. Mir ist, als hätten wir uns ein paar Jahre nicht gesehen. Aber ich habe immer gehofft, dass doch alles gutgehen wird." Ich hatte ihn am Telefon von meinem Unfall in Kenntnis gesetzt und dass möglicherweise etwas Größeres operiert werden müsse.
„Bitte, nehmen Sie Platz und erzählen mal, bevor wir hinübergehen", raunt er mir in seiner altersschwachen Stimme zu, während er uns auf dem Gasherd in seiner Küche Wasser für einen Tee kocht. Die Flamme züngelt, erfasst den ganzen Ring des Brenners und geht in ein monotones Rauschen über. Dann holt er wie immer seine Keksdose aus dem alten Küchenschrank, öffnet sie und stellt sie vor mich hin. Mit seinen Bewegungen schwingt der Geruch eines alten, inkontinenten Mannes durch den Raum und doch habe ich eine Vertrautheit zu meinem Lehrer

aufgebaut, die diesen unangenehmen Beigeschmack abschwächt. Er gießt den Tee auf und bringt ihn mir vom Herd herüber. In seiner anderen Hand zittert meine leere Tasse auf ihrer Untertasse. Ein Hauch von Vanille duftet durch die Küche, als er mir den Tee in einem klaren, karamellfarbenen Bogen aus der alten Kanne eingießt.

„Ich habe, oder besser, ich hatte einen Tumor", berichte ich ihm zögernd. Er sieht mich durch seine 94 Jahre alten, fast blinden Augen durchdringend an, während sich seine Augenbrauen fragend heben.

„Sie hatten?", hakt er nach und setzt sich.

„Ja. Nachdem mich ein paar Wahnsinnige mit ihrem Auto vom Rad gefegt hatten, hat mich die Ambulanz ins Krankenhaus gefahren und dort bin ich durchgecheckt worden. Und beim Röntgen haben die dann durch Zufall was gefunden. Ich musste gleich dableiben. So ist dann alles ins Rollen gekommen und ich wohl oder übel unters Messer. Lungenkrebs in einem sehr frühen Stadium." Fassungslos wirft er ein: „In ihrem Alter?"

„Wie man sieht, gibt's das. Hat mich ganz schön geflashed. Aber … letzten Endes hatte ich ein Riesenglück! Keine Nachbehandlung. Nichts. Ich bin sozusagen geheilt."

Schaudernd sieht er mich an und ich wage ein Verständnis in seinem Gesicht zu lesen, das in ihm selbst eine unheilvolle Erinnerung wachruft. Für ein paar Sekunden kann er gar nichts sagen und auch mir gehen die vergangenen Wochen wieder wie ein böser Traum durch die Sinne, Wochen, die mein Leben auf immer geprägt haben. Dann fängt er sich wieder,

aber ich werde den Eindruck nicht los, dass er etwas überspielt.
„Sie waren so lange nicht da. Ich hoffe, Sie haben nicht alles verlernt. Ich freue mich wirklich, dass es Ihnen wieder besser geht. Das, das grenzt ja an ein Wunder, wenn man das so sagen darf. Da hat dort oben jemand ordentlich und weitsichtig auf Sie Acht gegeben, hm?“ Ich gebe einen Löffel Zucker in meinen Tee, beobachte, wie er unter meinen Rührbewegungen langsam unsichtbar, aber dafür sicher gleich schmeckbar wird, und nicke still.
„Ja, das kann man wohl sagen. Jetzt ist die Katze schon bei ihrem zweiten Leben angelangt. Die Operation hat mich aber doch ganz schön mitgenommen. Ich war für ’ne ganze Weile irgendwie gar nicht mehr ich selbst. Eine gruselige Zeit“, flüstere ich ihm zu und mir kommt wieder die Stimme aus dem Chaos in den Sinn, die da sprach: ‚Lächle und sei froh, denn es könnte schlimmer kommen.‘ Und ich lächelte und ich war froh und es kam schlimmer.
Und doch habe ich begonnen, zu verarbeiten und zu begreifen, dass bei all der Sauerei, die passiert ist, auch ’ne Menge Glück dabei war. Ein Teil aller Aufarbeitung gebührt sicher meinem Klavierlehrer. Der alte Mann schmunzelt mich an. Seit meine Freundin mich bei ihm zu den Klavierstunden angemeldet hatte, habe ich wieder Mut gesammelt nach dem anderen verheerenden Ereignis mit diesem egoistischen Selbstmörder. Ein hochinteressanter Gesprächspartner und fast väterlicher Freund ist er mir geworden. Die Musik, und wie er sie mir vermittelt, haben mir viel Kraft zurückgegeben. Und wenn

er dann noch von Zeit zu Zeit aus seinem Leben berichtet, in die Gewölbe der Erinnerung hinabsteigt, um nach alten, verstaubten Jahrgängen zu suchen, dann habe ich immer das Gefühl, als nähme er mich auf eine Zeitreise mit.
Ich nehme den vorletzten Keks aus der Blechdose und frage mich insgeheim, woher er dieses leckere Backwerk immer bezieht. Wenn er trinkt, endet der Tremor seiner Hand an seinen dünnen Lippen für einen kurzen Schluck, um dann wieder hinab zum Tisch zu zittern.
„Hm, jetzt haben Sie ein Leben genommen und eines dafür bekommen. Haben jemandem auf die Schippe des Todes geholfen und sind selbst wieder davon abgesprungen. Eine makabre Rechnung. Vielleicht hatte Ihr sportlicher Selbstmörder doch ein bisschen schlechtes Gewissen und wollte posthum etwas gutmachen."
„Ja, vielleicht", entgegne ich ihm zustimmend. „Daran habe ich verrückterweise auch schon gedacht. Ziemlich spiritueller Gedanke. Dass er Mut und Feigheit für das eine aufgebracht und mich zu einer Art Mörder gemacht hat, war ihm wohl doch nicht ganz geheuer." Bei dem Gedanken daran zieht sich wieder alles in mir bitter zusammen. Der Alte bemerkt meine Vorstöße in die Vergangenheit.
„Ein Gewissen nach dem Tod? Wäre nicht schlecht. Dann würde er sehen, was er nicht nur sich selbst gegenüber angerichtet hat. Selbstmord." Er schüttelt verständnislos den Kopf. „So etwas darf man nur begehen, wenn man sich absolut im Klaren ist, dass

man niemandem mehr helfen kann. Und er hat genau das Gegenteil getan. Das war unverantwortlich."
„Vielleicht wollte er ja etwas bezwecken!", bemerke ich, jedoch ohne Überzeugung in meiner Stimme.
„Ich habe mich genau das wieder und wieder gefragt: Warum so, so spektakulär? Das war doch kein stilles Verlassen der Bühne."
Kurzes Schweigen, wieder Kopfschütteln.
„Ein Stadion ist ein Ort des Sports, der Freude, des Miteinanders, des Lebens und der Jugend, an dem man etwas gibt oder für etwas ist, und ... und nicht ein Ort, an dem man vor so vielen jungen Menschen seine Verzweiflung oder sonst was zur Schau stellt."
Was ihm wohl jetzt mit diesen Sätzen durch den Kopf geht? Er hatte garantiert schon viel mit dem Tod zu tun. Ich schätze mal, er hat das Licht der Welt in einem Weltkrieg erblickt, mit Sicherheit aber einen zweiten aktiv überleben müssen. Da kehrt keiner unverwundet heim. Die Situation, sich von einem Leid erlösen zu lassen oder jemand anderen zu erlösen, ist ihm vielleicht schon begegnet. Er wird keine Waffe mehr anfassen wollen, so wie ich keinen Speer. Seit dieser Sache habe ich kein Stadion mehr betreten. Er und ich, wir haben die Musik, die uns gefunden hat, obwohl ich als Sportler wahrscheinlich wie ein tollpatschiger Stümper an dem feinfühligen Instrument wirke.
Ich lasse ihm den Anstandskeks in der Dose, nehme den letzten Schluck Tee und räume ab, während mein Klavierlehrer gebückt in seiner grauen Strickjacke hinüber in das andere Zimmer wechselt. Plötzlich dreht er sich nochmals um und erklärt mir, fast ein

wenig erregt, mit erhobenem Zeigefinger: „Ich weiß, es urteilt sich leicht über Dinge, mit denen man nicht selber konfrontiert wurde. Aber ich kann für mich sagen: Ich war zwar nie ein Held. Aber ich bin auch nie weggelaufen. Ich bin immer dageblieben und habe versucht, das Richtige zu tun."
Dann verschwindet er im Dunkel des Flures. Mir wird wieder klar, was ihm die Musik in manchen schweren Phasen seines Lebens gegeben haben muss. Nun dient sie ihm zwar nicht zu körperlicher, wohl aber zu geistiger Frische, was letztlich ab einem bestimmten Alter wohl die entscheidendere Rolle spielt. Drüben höre ich bereits die ersten Töne, und als ich das zum Übungsraum umfunktionierte Wohnzimmer betrete, hat er bereits meine letzten Aufzeichnungen und das Übungsheft vor sich.
„Ich beherrsche die Noten immer noch nicht", gestehe ich ihm und lasse mich auf dem Klavierhocker neben ihm nieder.
„Kein Problem", winkt er ab. „Sie sind doch vor ihrem Unfall höchstens zehn Mal hier gewesen. Mit Noten wird die Musik für Anfänger zur Zwangsjacke. Als die Noten erfunden wurden, gab es die Musik längst. Kinder lernen schließlich auch zunächst sprechen und erst danach das Alphabet. Musik ist für die Ohren und nicht für die Augen."
Er zeigt mit krummen Fingern auf seine altersmüden Sinnesorgane. Dann postiert er wieder seine eigens dafür entwickelten Farbstreifen hinter der Tastatur und zeigt mir damit die Kunst des Improvisierens. Ohne Kenntnis einer Note spiele ich so für mein lai-

enhaftes Ohr wohlklingende und nie wieder reproduzierbare Melodien.

„Musik hat Zauberkraft. Sie besteht aus lauter Bausteinen. Man muss mit diesen – man muss mit der Musik – im wahrsten Sinne des Wortes spielen. Dann kann man ein Haus bauen oder vielleicht sogar eine Kathedrale."

Was die Tonarchitektur betrifft, manövriere ich derzeit wohl eher auf dem Niveau einer Kleckerburg im Sandkasten, aber egal: Es berührt mich und seine Methode führt schnell zu ersten kleinen Erfolgen. Als er sich dann selbst wieder vor das Klavier setzt, huschen seine gekrümmten, fast versteiften Hände über schwarze und weiße Tasten und mit einer letzten verbleibenden Beweglichkeit einzelner Finger entführt er mich in seine selbsterbauten Tonwelten. Wenn er spielt, fühle ich mich derart hingerissen, dass ich glaube, jede einzelne Note in mir zu spüren, als fühle meine Seele selbst die Resonanz und ich sei der Klangkörper, den die Töne in Schwingung versetzen. Es klingen die Akkorde an, schwarz, tieftönend, dunkel, und er gibt, sanft pedalisierend, eine Melodiestimme hinzu. In weichen Anschlägen sehe ich vor mir die Filzhämmer, die weich und doch kraftvoll die Saiten berühren. Dann wechselt das Thema mit spielender Leichtigkeit die Richtung, transponierend in eine weichere Tonart, ein ungebrochener Fluss, in dem verschiedene Motive zusammenfließen. Er lässt einen Klang in der Schwebe, setzt aus und berührt die Stille aufs Neue mit weichen Harmonien und … die Melodie stimmt zu. Donnernde dunkle Fortissimi, kleine sanfte Pianissimi erheben ein Klanggewebe

und leise sinkt die Musik aus einem Decrescendo träumend in den Nachklang. Bewundernd sehe ich seine Hände sich von den Tasten lösen.
„In der Stille fühlt man, dass man hört“, flüstert er nach einer kurzen Pause. Dann dreht er sich wieder zu mir um. „Die Menschen haben die Musik nicht erfunden. Sie haben sie entdeckt. Selbst kleine Kinder kombinieren Töne und singen sie vor sich hin. Also: keine Angst, das mit den Noten bekommen wir schon hin. Wie Sie als Sportler sicherlich wissen: Man darf sich vom Ehrgeiz nicht versklaven lassen!“
Ich bin mal wieder erleichtert und doch spüre ich: Indem er mir vorgibt, keinen Druck aufzubauen, erhöht er ihn auf mich, sodass ich mir vornehme, mit meinem Neubeginn wirklich dranzubleiben. Gerade die wöchentlich wiederkehrenden Übungsstunden ermahnen mich stetig an die eisern weiterstampfende Zeit.
Leider neigt sich meine heutige Lektion ihrem Ende entgegen und ich beginne meine Sachen zu packen, während er mir ein paar Stücke im Übungsheft ankreuzt. Im Türrahmen bleibe ich stehen und bewundere ein kleines Bild an der Wand, auf dem die Sacré-Cœur de Montmartre abgebildet ist.
„Wundervolle Zeichnung, nicht wahr?“, sagt der alte Herr, immer noch auf seinem Klavierhocker sitzend und ohne wirklich aufzuschauen. „Ich hänge an diesem Bild. Es war der letzte Ausflug mit meiner Frau. Es ist vor meinem inneren Auge fast eine Fotografie, ein letztes Bild am Fuße meines mont d’amour, bevor …“, dann steht er auf, nimmt das Bild ab und die ein wenig ausgeblichen gebliebene Tapete dahinter

leuchtet wie ein Negativabdruck, „… bevor uns eine bittere Wirklichkeit einholte. In Paris, wissen Sie, habe ich mich verlobt und … und bin Jahre später von der gnadenlosen Natur wieder entlobt worden.“ Er dreht das Bild um und ich erkenne die mit Bleistift geschriebene Jahreszahl, die nur wenig Abstand zu meinem Geburtsjahr hat.

„Verzeihen Sie, aber ich glaube, ich muss Ihnen etwas erzählen“, fährt er plötzlich fort. „Ich habe mich einmal im Leben auch entscheiden müssen, ein Mörder von jemandem zu sein, der es in dieser Welt vor lauter Schmerz nicht mehr ertragen hat. Dieser Jemand, meine Frau, hat die schwerste Entscheidung von mir abverlangt, die ich je in meinem Leben habe treffen müssen.“

Er sieht mich an und blickt doch weit durch mich hindurch in seine Vergangenheit. Seine Augen werden glasig.

„Und ich habe“, zögert er in die Stille hinein, „ich habe gewissermaßen auch einen Speer geworfen. Es war vom Zeitpunkt ihrer Entscheidung bis zum Tod erdrückend verständlich, was sie da von mir wollte. Sie litt und was hätte ich darum gegeben, ihr etwas abzunehmen. Unsere früher so leichte und beschwingte Liebe legte sich in der kurzen Zeit vom Abwurf bis zum Eintreffen dieses Speers schwer auf unsere Herzen. Ich wusste, ich tue nicht das Richtige, sondern muss mich zwischen dem weniger oder mehr Richtigem entscheiden.“

Er schluckt und ich spüre, wie viel Kraft ihn das zu sagen gekostet hat. Dann winkt er ab, steht auf und gesellt sich zu mir.

„Natürlich hatten Sie selbst im Stadion keinerlei Optionen. Aber vielleicht hilft es Ihnen, die tödliche Interaktion mit diesem Menschen besser zu verstehen oder in Ihr Leben einordnen zu können."

Beide stehen wir vor dem Bild. Er blinzelt mich wie ein gerade Erwachender an.

„Es wäre mir fast einmal entwendet worden", lächelt er und hängt es an seinen Platz zurück.

„Ich hatte einen älteren ‚Schüler', der keine besondere musikalische Intelligenz mit in diese Hallen brachte. Dafür aber kleptomanische Fähigkeiten. Das Bild fehlte einfach nach einer Unterrichtsstunde mit ihm. Ich verdächtigte ihn natürlich, konnte ihn aber nicht einfach des Diebstahls bezichtigen. Als er das nächste Mal kam, erwähnte ich ganz beiläufig den Verlust des Bildes." Dann verzieht sich spitzbübisch sein Gesicht. „Dieser lichtscheue Gesell hat darauf doch tatsächlich Empörung geheuchelt und verlauten lassen, es könne ja heruntergefallen sein! Er suchte sogar auf allen vieren unauffällig auffällig unter dem Sofa dort drüben!" Er zeigte auf das an der gegenüberliegenden Wand stehende Polstermöbel. „Obwohl es ja niemals hätte bis dorthin fallen können."

Wie ein Brandstifter, der beim Löschen hilft, um den Verdacht von sich zu nehmen, denke ich bei mir. Mein Klavierlehrer reibt sich die Hände und endet, sichtlich belustigt über den Ausgang jener Begebenheit, mit den Worten: „In der darauffolgenden Woche war er noch einmal hier, und als ich mit einem anderen Schüler noch im Nachbarraum übte, hängte er das Bild rasch wieder an seinem Platz. Dieser inkonsequente Tölpel! Ich habe ihm dann eine Rechnung von 35,29 Euro pro Tag für die Miete der Zeichnung geschickt, worauf er erzürnt anrief. Ich verwies ihn darauf, dass es schließlich eine sehr schöne Leihgabe gewesen sei und dass dieser Mietpreis noch sehr günstig für ihn ausfalle. Er nannte mich dann einen blöden Affen und legte auf, was für mich das letzte Schuldeingeständnis war."

EGO 14

„Schräge Geschichte. Du könntest ein Buch schreiben mit solchen Storys. Der tagtägliche Wahnsinn aus dem Strafgesetzbuch."
Witzig! Na egal, erst mal setzen und grinsen. Wenn ich dich nicht so zuckersüß und erfrischend finden würde. Vielleicht sollte ich nicht so viel aus der Kanzlei erzählen. Oh, jetzt kommt noch etwas nachgeschoben, Metamorphose, ihre Küche verwandelt sich in eine Ein-Damen-Bühne. Na dann, noch einmal alle Scheinwerfer meiner begeisterungsfähigen Aufmerksamkeit auf dich! Dieser unverschämt gut aussehende Amorbogen von einem Mund plappert psalmodierend und theatralisch weiter.
„Würde der Tod, der olle Sensenmann, die Eieruhr mal weglegen, sich hinsetzen, einen Stift in die Hand nehmen und beginnen wollen zu dichten, so würde ich ihm zurufen: Lass es sein, Gevatter, die besten Geschichten schreibt nun mal das Leben!"

So, so, das Leben. Wenn du wüsstest. Aber wahrscheinlich weißt du es tatsächlich, bist ja per se Geschichtenerzähler und hast, ja, einen zauberhaften Knall.
Mit einem Schwung setzt sie sich nach ihrem kleinen Monolog auf meinen Schoß, umarmt mich und unsere Zungen tanzen den wilden Tanz der frisch Verliebten. Junge, Junge, der olle Küchenholzstuhl knarrt aber bedrohlich unter unserer Last. Naher Atem, leises Stöhnen; Bilderfetzen ihrer genussvoll blinzelnden Augen.
Bin zwar ganz schön ausgelaugt von den heutigen Fällen in der Kanzlei, aber diese betörende Weibhaftigkeit setzt in mir tatsächlich noch mal ein paar Kilojoule frei.
Ah, und jetzt der Entkleidungsservice! Bin ich verknallt? Ich bin. Total. Wie ein Feuersturm peitscht uns die Leidenschaft in eine gierige Blindheit hinein. Mein Jackett war nur der Anfang. Gegen die Kraft der Hormone kann man nichts machen, sexueller Magnetismus entlädt sich in zuckenden Blitzen zwischen unseren Körpern.
Die Tassen auf dem Küchentisch mäht unser kleiner Tornado hinweg und sie zerschellen scherbenreich an den Klippen der Fußbodenfliesen. Und schwupp!, ist der Tisch frei, noch ein Teelöffel und ein Feuerzeug als letzte Störenfriede werden galant vom Tisch gefegt. Ein erotisches Festmahl, letzte Barrieren der Zurückhaltung stürzen ein. Zeit schmilzt zu einer glühenden Lache zusammen.
Erst als sie langsam wieder erkaltet, setzt sich unsere Umgebung ganz langsam aus vielen kleinen Tei-

len erneut zusammen. Himmel, was war das?! Sie schmiegt sich zärtlich küssend in ihrem geschmeidigen Splitterfaserpelz an mich, während diese verliebte Trunkenheit kaum von mir weicht.
Autsch! Mist, was ist das denn? Sinne sammeln sich in einem leise schneidenden Schmerz an der Fußsohle. Die hinterlässt kleine blutige Spuren auf den Fliesen. „Love is a battlefield“, hm, bin wohl eher in eine dieser dämlichen Scherben der zersprungenen Kaffeetasse getreten. Kopulativer Eifer ist ein gutes Schmerzmittel – beginnt wirklich erst jetzt wehzutun. Da liegt er, der scharfkantige Übeltäter. Der Henkel hat überlebt, das auf dem Porzellan aufgedruckte blasse Rot eines Herzfragmentes geht nahtlos in das kräftige meiner Blutbenetzung über. Die Frau, deren williges Opfer ich vorhin zu sein genossen habe, schreit zum Glück nicht wie in „Psycho“, nein, sie holt Pflaster und Schere. Pflege mich, sei meine Krankenschwester! Ich hinke zur Spüle, werfe die Scherben in den Eimer darunter und wasche meine Wunde aus.
Dem Tatort Küche entflohen, wummert die versorgte Wunde unter dem Pflaster. Arm in Arm auf dem Bett, noch immer berauscht, starren wir ins Zwielicht einer Kerze. Deinem Sirenenzauber kann man sich so schwer entziehen. Ist noch nicht so lange her, da lief alles streng platonisch zwischen uns zwei beiden. War eigentlich so abgemacht. Aber irgendwann kam die Natur unverhofft – na ja, vielleicht ein bisschen erhofft – dazwischen. Dann hat’s geknallt. Zoom gemacht.
„Hast du’s ihm heute gebeichtet?“

Nicken. Ich spüre die Überwindung, die es dich gekostet haben muss, diesen unvermeidlichen Schritt endlich in die Tat umzusetzen. Warum ist immer alles so schwierig? Man kann sich eben viel vormachen und alles Mögliche einreden, aber die schrecklich schlichte Tatsache zu akzeptieren, dass Liebe ein vergängliches Gefühl ist, fällt niemandem leicht. Nicht mal dir. Zum Glück, womöglich wärst du aus Anständigkeit und Loyalität noch auf deinem Wege mit dem Typen geblieben. Über mehr Rechtfertigung denk ich mal lieber nicht nach, ist auch sinnlos. Zumal wenn man, wie ich, der glückliche Gewinner ist.
Fühlt sich so gut an, dein Körper an mich geschmiegt, Duft von Haut und Haar, benebelnd. Meine Hand und mein Blick gleiten auf einer makellosen Anmut entlang. Vorhin in der Kanzlei hätt ich nicht gedacht, dass ich's heut noch mal so gemütlich haben werde. War ja echt schräg, was die mir heute auf den Tisch gelegt haben.
Ich spüre, da spürt jemand die Unebenheiten in meinem Blick. Was ist, kannst du jetzt auch noch Gedanken lesen? Unter Vermeidung jedes gesprochenen Wortes mit einer eigens dafür eingerichteten Miene werden hier gerade die Hintergründe erfragt, während deine Hand mit gespreizten Fingern meinen Nacken und das Haar bis zum Scheitel durchkämmt. Die kleine Flamme der Kerze verzehrt sich allmählich selbst. Ein kurzes aufforderndes Nicken. Na gut, ich red' ja schon:
„Ich habe heute einen, sagen wir mal, skurrilen Fall auf den Tisch bekommen. Vor etwa einem Jahr ist ein junger Mann von der zuständigen Polizeibehörde

mit dem Tatvorwurf der fahrlässigen Tötung vorgeladen worden. Die Anwälte der Familie des Opfers haben jetzt Berufung eingelegt."
„Und? Um was ging es bei der Sache? Ein Verkehrsunfall?"
„Nein. Ein Sportunfall."
„Ein ... Sportunfall? Erzähl mal!" Sie setzt sich auf und spitzt die Ohren.
„Der Kollege, der damals den Fall bearbeitet hatte, ist nicht mehr bei uns. Daher habe ich ihn jetzt übernommen. Bei einem Leichtathletikwettkampf wurde ein Mann durch einen Speer getötet. Die damaligen Ermittlungen ergaben, dass es sich um einen Selbstmord gehandelt haben soll."
„Ein Selbstmord? Verstehe ich nicht!"
„Zeugenaussagen bestätigen, dass der Getötete mit zielstrebiger Sicherheit in den Wurfkorridor des Speers hineingelaufen sein soll. Versicherungsrechtlich erhält aber im Falle eines Selbstmordes die Ehefrau keinen Cent von der Lebensversicherung ihres Mannes. Deshalb wird alles nun neu aufgerollt."
„Klingt zwar nach einer spannenden Story, aber mal echt, glaubst du an so einen Selbstmord?", fragt sie ungläubig.
„Was ich glaube oder nicht, spielt keine Rolle. Der Speerwerfer war einer der Top-Favoriten in diesem Wettkampf, hat wie immer seinen Speer geworfen und dabei ist ihm das Opfer in die Flugbahn gerannt. Die Geschichte klingt nicht nur, sondern ist auch derart grotesk, dass sie mich nicht so richtig in Ruhe lässt."

„Mir kommt der Fall bekannt vor“, grübelt mein bezauberndes Gegenüber. „Ich meine mich zu erinnern, dass er in der Redaktion besprochen wurde. Aber warum sollte jemand so etwas und vor aller Augen tun? Da muss es doch ein Motiv geben, oder?“
„Genau das ist der Punkt. Es ist einfach schwer vorzustellen, warum jemand so etwas mit einer derartigen öffentlichen Präsenz durchzieht, wo es doch wahrlich bessere und sicherere Methoden gibt. Ist ja fast vorsätzlich, so, als wollte er den Werfer schädigen oder bewusst die Aufmerksamkeit auf sich lenken. Wie haben denn deine Kollegen damals darüber berichtet?“
„Ich kann mich nicht mehr genau erinnern, Liebster, ich glaube, es wurde ziemlich aufgebauscht. Ist ein Weilchen her und ich arbeite ja nicht mehr dort“, beruhigt sie mich. „Wie du weißt, wollte ich einfach anderen Journalismus machen. Obwohl mir die dortige Ausbildung für das rein Handwerkliche viel gebracht hat, war ich froh, raus zu sein, weg von den Idioten, die tagtäglich eben solche Dinge wie eine Schlagerparade aufbauschen. Aber egal, du sollst nun also beweisen, dass es nur ein Unfall war?“
„Richtig. Aber du behältst bitte erst mal Stillschweigen, auch in deinem neuen Job, ja?!“
Sie drückt mich sanft zurück in die immer noch warmen Laken. Der Schein des Kerzenlichts zappelt mit letzten Kräften auf seinem Docht umher. Letzte dekorative Wachstränen schleichen an kleinen Überhängen am Kerzenständer hinab.
„Versprochen!“, flüstert es sanft in mein Ohr.

Hoffentlich hab ich nicht zu viel geplappert. Traue niemals Journalisten. Willkommen in der Venusfalle. Aber mein Gehirn wird sowieso wahrscheinlich gerade unterversorgt, weil mein Herz das ganze Blut für sich beansprucht.

„Das ist gut“, flüstere ich ihr zweifelnd zurück, obwohl ich keine Ahnung davon habe, wie gut alles ist und dass ich sie in dieser beruflichen Hinsicht überhaupt nicht kenne. Ihren Kopf zwischen meinen gewölbten Handflächen, küsse ich sie auf die Stirn.

„Sonst müsste ich dir jetzt und hier dickes Klebeband über die Schnute ziehen. Aber ich krieg einfach diese Szenerie des Falles nicht aus meinen Gedanken, wie Kopfkino ist das. Manchmal bringt man Dinge mit nach Hause, die man lieber auf der Arbeit gelassen hätte. Muss ja voll der Horror gewesen sein, also für alle Beteiligten.“

Stumme Pause, obwohl meine Gedanken bereits instinktiv weiterfliegen. Dann aber Gefühlsgrenzen, Distanz. Ist das Selbstschutz? Ich meine, man weiß, dass es schlimm ist, aber man kann es nicht empfinden. Schon gar nicht, wenn man zwischen seinen Händen einen Kopf halten und küssen darf, mit einem Reichtum an wundervollem Haar und Ohren, die sich geduldig meinen Sorgenbrei anhören.

„Es geht also um den eigentlichen Tatbestand. Ein Selbstmord, ein Mord, ein Tötungsdelikt, fahrlässige Tötung oder doch nur ein Unfall. Und bei einem Selbstmord, gibt es da nicht auch immer einen Abschiedsbrief oder so etwas?“

Sie stellt die Fragen, die auch mir ständig durch den Kopf gehen.

„Es gibt solche und solche Abgänge bei Suizid. Wobei wir wieder beim Motiv wären. Und was für ein Delikt es war, das werden die Ermittlungen ergeben. Seine Frau wurde befragt. Sie meinte, ihr Mann sei über Jahre sehr schwermütig gewesen, vielleicht sogar depressiv. Sie hat unseren Ermittlern ein selbstverfasstes Buch des Toten mit angeblich ziemlich melancholischen Texten gezeigt. Wobei daraus natürlich noch nichts klar wird. Und eine direkte Ankündigung, dass er vorzeitig auschecken wollte, ist nach den durchgeführten Ermittlungen der zuständigen Polizeibeamten nicht bekannt. Zumindest noch nicht. Es wird sich einiges herausstellen. Den Speerwerfer haben wir versucht, zu erreichen, aber laut seiner Lebensgefährtin liegt der gerade im Krankenhaus und ist nicht vernehmbar."

„Komm, mein Lieber", flüstert sie mir tief durchatmend zu, „lassen wir's los und hören auf zu grübeln. Heute ist doch unser Abend." Sie küsst mich, steht auf und geht ins Badezimmer, ihre Silhouette umgeben vom einfallenden Licht. Dann bleib doch hier bei mir, wenn ich den Kram jetzt vergessen soll. Wieder lodert in mir die Sucht nach ihr, während die Wunde an meinem Fuß pulsierend hämmert. Irgendwie ist alles in mir, wenn wir zusammen sind, pure Vorfreude.

Als ich mich wenig später in der Küche in ihrem viel zu kleinen Bademantel den Vorbereitungen für unser Abendessen widme und den Tränen beim Zwiebelschneiden nur knapp entkomme, steht sie plötzlich angehübscht in der Tür und strahlt mich an.

„Wie geht's eigentlich deiner Tochter, habt ihr zwei beiden euch wieder eingekriegt?"
Das kann nur jemand fragen, der kein Pubertier zu Hause hat. Aber diese süßeste aller Quasselstrippen lässt nicht locker.
„Ich musste an sie denken, als ich das hier gefunden hab'. Darf ich's dir mal vorlesen? Ist ganz entzückend." Sie wedelt mit einem dünnen Büchlein in der Luft herum, grinst und schmiegt sich an mich. „Wo doch die Pubertät mit ihren ersten Liebeleien die Schatten vorauswirft."
„Da gibt's keine Schatten mehr. Wir sind mittendrin. Zenit!", erwidere ich säuerlich belustigt. „Was kann es für einen Vater denn da Entzückendes geben? Man muss es einfach durchstehen. Bin einfach manchmal wie ausgewechselt. Und darin gleichen wir uns wahrscheinlich. Vor kurzem am Telefon, da hab ich einem der Jungs, der in ihre nähere Auswahl vorgedrungen ist, gesagt, sie sei nicht da und mit ihrem Freund weg."
„Ach, sie hat schon einen Freund? Das wusste ich gar nicht!"
Beschämt gestehe ich: „Eben. Noch hat sie gar keinen."
„Das hast du nicht gemacht!?", klagt sie mich an und stößt mich von sich. Aber ich muss wahrheitsgemäß nicken. Sie grinst kopfschüttelnd.
„Du kleiner Schuft!", sagt sie verächtlich. „Es ist wohl wirklich so …", und nippt an dem Rotweinglas, das ich eigentlich mir zur Kochbegleitung bereitgestellt hatte. Dann hebt sie den Zeigefinger und schmettert mir entgegen: „… dass die Pubertät die Zeit ist, in der die Eltern komisch werden."

Gleich schmilzt mein Lack. Echt immer klasse, in der Theorie groß punkten, aber keine Erfahrung haben. Nach einem Schluck Rotwein, dessen Genuss man ihr untrüglich ansehen kann, schwappt dann auch bei ihr die Erinnerung hoch.

„Hey, komm, so alt bist du nun auch nicht! Du warst doch auch mal in einer ersten Liebe gefangen! Meine hat so viele Jahre über- oder angedauert und ist jetzt einfach vorbei. Wegen dir!" Ihr gespielt vorwurfsvoller Blick kann den etwas bitter angehauchten Nachgeschmack nicht ganz wettmachen.

„Ich war damals bestimmt auch nicht die Einfachste. Immer so ein bisschen verliebt, cool nach außen, fast abweisend ihm gegenüber. Irgendwann ist aber etwas in mir erwacht; es kam mir über die Lippen, ihn zu uns in diese hässliche, kleine Neubauwohnung einzuladen, als meine Eltern mal nicht da waren. Ich glaube, er konnte es – wie ich – nicht begreifen, warum auf einmal meine ganze Fassade einstürzte und wir zueinanderfanden."

Jeder hat so seine Erlebnisse. Kann mich gar nicht mehr richtig entsinnen. Sie setzt sich, schlägt das dünne Büchlein auf einer Seite, der sie eine kleine Ecke umgeknickt hat, auf.

„Aber jetzt hör bitte mal zu." Ihre unglaublichen Lippen schürzen sich kurz, sie beleckt vorsorglich den Zeigefinger, um weiterblättern zu können, und beginnt zu zitieren:

„Und dann, wenn sich der Blick dreht und ein unbekanntes großes Etwas nach außen drängt, um endlich entschwängert zu werden; wenn das ES sich beginnt in eine SIE zu verwandeln,

wenn die hundert Jahre vorbei sind, die nie begonnen haben, und die dichte Rosenhecke etwas freigibt, so süß wie ein überlaufender Springbrunnen aus Glücksschokolade, dann hebt sich der zauberhafte Schleier der Kindheit, um eine neue Nacktheit preiszugeben, welche Lust und Schmerz Hand in Hand fliegen lassen wird.“

Da heben sich die Augenbrauen wie von selbst.
„’tschuldige, aber … das ist, glaub ich, nicht mein Ding, bisschen zu blumig.“ Neben mir brutzelt sich das Öl heiß, ich gebe die Zwiebeln hinein und rühre. Die rote Zeitanzeige auf dem Display des Herdes springt auf 19 Uhr, als ich beginne, den Ofen vorzuheizen.
„Okay, warte: Ich trag’s für dich mal im Juristendeutsch vor“, kichert sie sichtlich belustigt.
„Lieber nicht! Na los, lies deine Ergüsse über die Zwischengeburt ins Erwachsensein mal zu Ende“, nicke ich ihr zu. Dampf steigt zischend aus meiner Pfanne auf und lässt einen wohligen Vorgeschmack auf unser Abendessen erahnen.
„Danke für deinen Mut.“ Sie hält grinsend inne, blättert ein paar Seiten weiter und liest erneut mitten in den Text hinein:

„Und mitten im Winter wird es plötzlich leuchtender Mai, alles beginnt zu blühen mit nie gekannter Intensität und strahlendem Sonnenschein. Das warme Leuchten dringt in meine tiefsten Tiefen hinab, aus denen langsam und in großen Blasen ein süßes Verliebtsein aufsteigt, welches sich wie ein unsichtbarer Duft von der Oberfläche bis in die letzten meiner Winkel ausbreitet und mein Bild von dir mit all deiner Lieblichkeit erfüllt.“

Sie sieht mit ihren riesigen Augen in meinen ironischen Blick.
„Nun ja. Wollen wir mal nicht so sein. Ich finde es schrecklich, aber: In jedem Kitsch steckt ein bisschen Sehnsucht. Von wem ist das?“, frage ich etwas unbeholfen in die nunmehr köchelnde Stille. Sie lächelt, schlägt das Büchlein zu und legt es auf den Tisch. Dann tritt sie ganz nah zu mir heran, sodass ich ihren Körper warm und weich an mir spüre, und haucht mir ins Ohr: „Ich liebe dich.“

EGO 15

Ich genieße diese Worte. Sein Büchlein in meinen Händen, der Nachhall der Zeilen schwingt wie ein Echo in meinem Herzen von der einen zur anderen Wand. Eine kleine Sammlung von Gedanken, die in meiner jetzigen Lebensphase auf hungrige Rezeptoren trifft. Manches, was mein Vater hier niedergeschrieben hat, bekommt gerade so die Kurve zum Kitsch. Aber viele der Aphorismen, Gedichte und prosaischen Fiktionen kann ich so eingehend nachfühlen, als flössen sie durch mich hindurch, als wären es meine eigenen Worte. Aber er ist mir voraus gewesen und ich bleibe sein stiller Bewunderer, ein Konsument seiner Gedanken. Warum habe ich all das erst jetzt entdeckt? Ich wusste, dass er seine Gedanken niederschrieb, aber es war zu normal, dieses Buch im

Schrank stehen zu sehen. Hab ich es verpasst, meinen Vater besser kennenzulernen?
Der Geruch von frisch Gebratenem steigt mir in die Nase und mir läuft ein wenig das Wasser im Munde zusammen, als mein Nachbartisch bedient wird. Der Kellner nimmt einen nach dem anderen der gestapelten Teller mit aromatisch duftenden Gerichten von seinem Arm, eine Kunst, die für mich einer Jonglage gleicht.
Hinter meinem Rücken flaniert eine lose Menschenmenge an der Uferpromenade entlang und ich sitze in diesem herrlich lauten, bunten Straßencafé. Ich sauge mich voll mit den Strahlen der Sonne, der noch einmal ein farbenprächtiger Geniestreich mit all dem grellen Zauber um mich herum gelingt. Ich bin mitten in einer Postkarte, die ich versenden möchte an dich, mein lieber Papa, der du solche Schönheit nicht mehr genießen konntest. Der Schmerz ist ein wenig dumpfer geworden, ein Gefühl des Wieder-aufatmen-Könnens.
Vor mir erhebt sich nach einem kleinen Regiment anderer Cafétische eine alte Hauswand, die es mit einer mediterranen Kulisse aufnehmen könnte. Einige der Fensterläden sind geöffnet, andere halb offen wie kleine Augen, die nach dem Mittagsschlaf noch ein wenig verklebt sind und nun wieder blinzelnd ihre Umgebung entdecken. An diesen Stellen scheint das Haus ebenso wie ich begierig auf diese meisterhafte Atmosphäre des abnehmenden Lichtes zu sein. Die wenigen verschlossen gebliebenen Fensterläden trauen sich in geheimnisvoller Weise nicht mehr zu, die letzten wärmenden Sonnenstrahlen an sich her-

anzulassen. Hier spiegelt sich etwas Menschliches in den Häusern, Neugier und Angst.
Ich gieße die Milch aus dem winzigen Schälchen in meinen Kaffee, gebe, leise rieselnd, das übliche halbe Tütchen Zucker hinzu und atme, bevor der Kaffee meine Lippen benetzt, diese einzigartige Mischung aus dem Duft der Bohnen und der Herbstluft tief in mich ein.
Lieber Gott, ich danke dir, dass du mir so viel Kraft gibst, mit Mut weiter vorwärtszugehen, mich wieder an Dingen erfreuen zu können nach diesem dunklen Jahr. Herr, ich bin nicht würdig, dass du einkehrst unter mein Dach, aber sprich nur ein Wort, so wird meine Seele gesund.
In all diesem Erwachen haben wir seit gestern den ersten kleinen Beweis für die Fortsetzung unserer gemeinsamen Sehnsucht auf Unvergänglichkeit erhalten. Wie das Leben sich mit einem Mal auch für uns wieder weiterdreht, nachdem es in voller Fahrt die Anker ausgeworfen hatte und mit seiner Kraft nach vorne deren Ketten fast zerrissen, ja, herausgerissen hätte.
Die ganze Freude der sich nochmals aufbäumenden Jahreszeit läuft wie ein Film um mich herum ab. Ich fühle mich wie die Handlung in einer Handlung, lebe wieder ein wenig mehr, höre um mich herum das Gemurmel der Leute und das Klappern der Schuhe auf dem Straßenpflaster.
Oh Herr, ich danke dir für den Menschen, den du mir tröstend zur Seite gestellt hast; ohne ihn wäre ich zusammengebrochen. Es gibt Augenblicke, in denen ich mir wünsche, meinen Mann noch einmal als völlig

fremden Menschen sehen zu können, ihn auf mich als etwas ganz Frisches, Neues, ja Fremdes wirken zu lassen. Ich würde ihm gerne nochmals zum ersten Mal begegnen, seine Wirkung auf mich bewusst auskosten und in mir spüren. Meine ersten vagen Vorstellungen, wie es wäre, ihn zu entdecken, müssten mich nochmals einfangen. Nur das könnte in mir ein ähnliches Gefühl hervorrufen, wie es gestern zwei Schwangerschaftstests auf mich ausgeübt haben, ein erster positiver und ein zweiter negativer.
Ich winke dem Kellner und bestelle einen weiteren Espresso, möchte all das Schöne hier nicht enden lassen, das mir guttut wie eine warme Sommernacht. Ich verspüre Lust, mich umzusetzen. Der Tisch gehört mir, heute bin ich allein hier, kann meine Perspektive innerhalb der vier Stühle ändern, wie es mir passt. Das Haus lasse ich wachend hinter mir die Sonnenstrahlen einfangen, die auch mir nun trefflich das Gesicht wärmen.
Meine Augen müssen ein Heer von Fragezeichen ausgesendet haben, als du gestern plötzlich verschwunden bist, gleich nachdem ich dir das Erreichen der Markierung auf meinem Teststreifen gezeigt hatte. Deine Ungläubigkeit war so mächtig geworden, dass du losmusstest, um zu begreifen. Runter auf die Straße, hinüber zur Apotheke, wo dich die Dame hinter dem Tresen fragend erwartete, fragend bediente und fragend wieder entließ mit einem zweiten Schwangerschaftstest in deiner Tasche.
Von meinem neuen Platz aus sehe ich den Trubel der Menschen um mich noch besser, tauche ein wenig mit hinein, um Teil davon zu sein, lasse mich treiben

und bin in Gedanken doch nur bei dir. Nach all der Zeit der Trauer, in der der Verlust meines Vaters an unseren Seelen genagt hat, standest du gestern in ungläubiger Vorfreude wieder vor unserer Tür, durch die du dann vorsichtig zu mir und gleich weiter ins Bad geschlichen bist. Bildlichen Darstellungen traust du einfach nicht, aber nach dem neuen Vergleich deines Teststreifens stand jegliche Unsicherheit außer Zweifel. Deine Negativprobe blieb augenfällig unterhalb des ersten Striches. Mein Schwangerschaftstest war eindeutig an der zweiten Markierung. Daran hat auch das noch- und nochmalige Lesen des Beipackzettels nichts geändert. Ich bin schwanger, du nicht, wie es sich gehört für Mann und Frau. Und als du strahlend, in meine verdutzten Augen blickend, aus dem Bad gekommen bist mit beiden Streifen in der Hand, konntest du es erst glauben.
Mein Espresso kommt. Ich freue mich schon auf dich und darauf, wenn wir nachher wieder gemeinsam auf die beiden Tests auf dem Küchentisch schauen, die uns ein wenig in die Zukunft blicken lassen und uns verraten, dass sich jemand in mir versteckt hält. Wann erzählt man seinem Kind, dass sein Großvater sich umgebracht hat? Was wird unser Kind fragen, was werde ich ihm erzählen? Dass der liebe Gott ihn zu sich geholt hat, obwohl er gar nicht erlaubt, dass man so sterben darf? Nicht darüber nachdenken! Sonst holt mich die Trauer wieder ein. Als der Pfarrer uns sagte, dass wir den bitteren Trank, den der Herr uns eingeschenkt hat, austrinken müssen, ist mein Bruder wutentbrannt davongelaufen. Er hat unserem Gott

die Schuld gegeben, während ich nie glauben konnte, dass das richtig ist.
Ach Papa … Wie lange bringt dein Name hier auf dem Umschlag mich noch zum stillen Weinen? Ich packe das Büchlein ein und zahle, allerdings nur für den Kaffee, denn eigentlich hätte ich für diese warme, aufbauende Atmosphäre ein kleines Vermögen hinblättern müssen. Aber ich bekomme mein Wechselgeld, der Kellner ist freundlich und schnell. Den Zwanziger stecke ich zurück in mein Portemonnaie, er ist an einer Ecke mit einem mir unverständlichen Schriftzug versehen. Mir kommt der Gedanke an eine Flaschenpost, die im Ozean des Geldes immer wieder an fremdes Land gespült wird, nicht zu entschlüsseln für Uneingeweihte. „ZwS 15" lautet der kleine Code und jetzt hab ich ihn! Geldagenten werden mir vielleicht auf den Fersen sein und meine Spur verfolgen, die ich aber zu verwischen gedenke, und zwar jetzt auf meinem Wege nach Hause.
Den herbstlichen Geruch in der Nase, der die feine Kühle des herannahenden Winters bereits in sich trägt, schlendere ich durch die Stadt. Ein Glücksgefühl breitet sich voller Trunkenheit in mir aus und verdrängt einmal mehr das Düstere in meinem Herzen, als würde ein Medikament seine Wirkung entfalten.
Vor dem Bahnhof entscheide ich mich für einen kurzen Abstecher und trete durch eine der schweren Flügeltüren in die riesige Bahnhofshalle ein. Man fühlt sich klein hier und doch sehr individuell, distanziert von all den anderen Leuten. Wie in einem kolossalen Gedankenpool treibt jeder Einzelne an diesem Ort, in

diesem Gebäude für sich dahin, hier an dieser Kreuz- und Querung unzähliger Lebenswege.
Wie gut, ein wenig Zeit auf meinem Heimweg zu haben. Ich gehe hinüber zum „Meeting Point", meinem Lieblingsplatz im Hauptbahnhof. Hier, unter dem in alle Himmelsrichtungen prangendem „M" ist das Gefühl der kleinen Kreise, die sich mit ihren vielen Ichs überschneiden, am intensivsten. Ich beobachte die vielen wartenden Augen, sie suchen fast sehnsüchtig immer wieder alles ab, um die eine Person oder Gruppe zu entdecken, die in Kürze erscheinen müsste. Wie in einem Whirlpool der Emotionen harrt man geduldig aus und freut sich aufeinander, denn die Belohnung wird mit ungleich hoher Wahrscheinlichkeit an diesem Ort jeden Moment eintreffen. Stille Umarmungen oder Gefühlsausbrüche, manchmal sogar Glückstränen, eingespeist in den Strom des Wiedersehens. Nur selten geht jemand bar jedes Hochgefühls seiner Wege und macht der Enttäuschung Platz für Neuankömmlinge. Ich sehe stilles Glück und zum Himmel schreiende Begeisterung, registriere, wenn ein erster Blickkontakt die einander Suchenden zusammenführt, deren anschwellendes Lächeln, das sich wenig später auf den gesamten Körper ausbreitet. Gesichtszüge ändern das Spiegelbild ihrer Stimmung in Sekundenbruchteilen, das macht selbst unsympathische Gesichter kurzzeitig liebenswert.
Ich reiße mich los aus diesem Mikrokosmos, um, ja, meiner eigenen Wege zu gehen. An unserer Haustür blicke ich nochmals dorthin zurück, wo Mutter Natur noch immer von ihrer besten Seite glänzt, und atme

tief ein. Dem Lichte nach müsste es etwa drei oder vier Uhr sein. Ein paar Stunden habe ich noch bis zum Nachtdienst im Krankenhaus nachher. Hoffentlich kommst du bald, damit wir uns noch mal sehen. Oben in der Wohnung angekommen, werfe ich einen verschmitzten Seitenblick zum Küchentisch. Dort hat sich nichts verändert. Unberührt liegen die beiden Schwangerschaftstests da, Fundament und Firmament einer nahenden Zukunft. Ein wenig erschöpft, versuche ich meine Gedanken in die kommenden Zeiten vordringen zu lassen. Wir werden ein Kind haben. Es bleibt nur in Ansätzen vorstellbar. Ich gehe hinüber zu meinem Arbeitszimmer. Langsam nehme ich die Klinke in die Hand und drücke sie hinunter. Das wird wohl das Kinderzimmer werden. Vorahnungen zu einem Nestbau. Wenn ich es in einem Jahr öffne, wird sich mir hier ein völlig neuer Anblick bieten.

EGO 16

Ein wenig angespannt trete ich über die Schwelle und nehme vor dem breiten Schreibtisch Platz. Die Luft riecht abgestanden. Das Telefon klingelt. Dass diese Dinger auch immer im falschen Moment stören müssen. Und dieser widerliche Ton. Den nehmen andere zur Abschreckung gegen Kampfhunde. Was wiederum zu meinem Chef passt.

„Wenn der Kuchen redet, sind die Krümel still!“, schnauzt er mit seinem Charme in den Apparat. Das hat sich der Anrufer auch verdient, der olle Störenfried, der Chef war sowieso schon in launischer Erregung. Da sitzt er in seinem abgewetzten Sessel, das speckgesegnete Wasserspeiergesicht wabert wie bei einem rennenden Pitbull bei jedem zornigen Wort wellenartig mit, sodass wohl niemand riskieren würde, ihn per Bildtelefon erreichen zu wollen. Plötzlich hält er den Hörer wie ein Narrenzepter in die Höhe, eine Geste, die eines seiner beeindruckenden axillären Feuchtgebiete freilegt, und sieht dabei die Hörmuschel wütend an. Am Ende der Leitung regt sich nichts mehr. Dann knallt er den Hörer auf die Gabel. Dass er mit seinem prall gespannten Bauch, der der Tischkante breitflächig anliegt, überhaupt noch Dinge auf dem Schreibtisch erreicht, grenzt an Zauberei. Oder sind die Arme mit dem Bauch mitgewachsen? Ein rüstiger Speisen- und Tellerheld, fährt es mir durch den Kopf, aber ihm entfährt zeitgleich ein wohl gebrülltes: „Drecksack!“, woraufhin er sich wieder grinsend mir zuwendet.
„Sie wollen also den Artikel nicht in dieser Art schreiben?“
Die Frage kam erwartungsgemäß und wird vom Duft einer üblen Atemmischung aus altem Zigarettenrauch und billigem Kaugummi verschwenderisch begleitet. Das muffige Büro wirkt jetzt noch bedrückender auf mich. Mit dem Charisma einer Qualle sieht er mich verächtlich an.
„So ist es!“, erwidere ich. „Bei allem Respekt, aber Ihre überzogenen Vorgaben halte ich in diesem Fall

für unklug und aus meiner Sicht wäre ein wenig mehr Pietät angebracht.“
„Pietät? Sind wir hier in einem Beerdigungsinstitut? Das ist ’ne pfiffige Story, Mann, da ist Blut gespritzt und das soll aus dem verdammten Text unten raustropfen. Am besten auch schon in der Überschrift. Das Drumherum ist mir egal.“
Sein runder Kopf kommt distanzverachtend näher und legt sich oberhalb der Augen in Falten.
„Hören Sie“, er wird um ein paar Dezibel leiser, „Sie haben Vorgänger, die wollten auch schon seriös werden. Falls Sie ebenfalls derartige Wünsche hegen, mache ich aus Ihnen auch einen Vorgänger. Das geht schneller, als Sie denken! Und eines kann ich Ihnen im Vertrauen sagen, auch wenn’s hier sonst keiner weiß: Mit Ihren Aufenthalten in der Klapsmühle ließe sich das problemlos einrichten.“
Das Wort „einrichten“ ist wieder gebrüllt, er knallt schmetternd die Faust auf den Tisch. Diese Geste hat nach dem kleinen Verhaltenslexikon, das ich immer in mir trage, nur eine einzige Bedeutung: Verachtung! Dann fährt er wieder hoch.
„Rufen Sie bei den Bullen an, beim Stadionsprecher, bieten Sie diesen Typen ein paar Scheine, die meisten wollen doch gern mal in meiner schönen bunten Zeitung stehen! Bezirzen Sie die Krankenschwestern oder die Anwaltsgehilfin oder was weiß ich, wen. Aber schreiben Sie darüber! Am besten, Sie lassen den ganzen Unfall wie einen abgefahrenen Selbstmord aussehen. Das wär mal ein Knaller! Wir können später immer noch mit ’ner kleinen Randnotiz einen Rückzieher machen. Aber so wird sich’s verkaufen,

kapiert? Das ziehen wir groß auf. Legen Sie mir ihre Rohfassung vor, ich werd's verfeinern. Um noch einmal so eine Schlagzeile zu bekommen, würde ich glatt Sie zu so einem Mordssportfest ins Stadion und über den Rasen schicken! Das wäre mal eine Hauptrolle", brüllt er und ich kann kleine Speichelkügelchen durch die Luft sprengen und auf dem dunklen Holz seines Schreibtischs landen sehen.

Wie bei einem Seegefecht in alten Piratenfilmen verfehlt mich glücklicherweise seine feuchte Munition, schlägt jedoch in Sichtweite unweit vor mir ein. Hinter mir geht leise die Tür einen Spalt weit auf und das hagere, bebrillte Gesicht der Sekretärin kommt zum Vorschein, die den Winterspeck ihrer Möglichkeiten auch längst verbraten hat. Sie bringt im Singsang den abgedroschenen Spruch zum mittäglichen Versorgungsgang: „Doktor Koch ist da!", und grinst, als hätte sie gerade den Kalauer des Jahres gebracht. Der deklassierte Sumo-Ringer mir gegenüber verspricht, in Bälde zu kommen, wenn er das hier – also mich – erledigt hat, obwohl er kalorisch gesehen über Wochen zu keinem Mittagessen schreiten müsste.

Er hat mich mit meiner Vorgeschichte fest im Griff, dieser Erpresser. Mein Aufbegehren wird wohl nichts nützen, höre ich mich denken und plappere halbherzig hinaus: „Okay, in Kürze haben Sie Ihren Artikel auf dem Tisch. Aber tun Sie mir einen Gefallen: Setzen Sie Ihren Namen darunter, wenn Sie den Text amputiert haben! Und wischen Sie den Tisch ab!"

Kehrtwendung und Rückzug, vorbei am Zerberus des Sekretariats. Ich höre den Chef noch ein bisschen weitergrummeln und das Telefon erneut schwirren,

als ich mürbe das Zimmer verlasse. Ich kann es mir einfach nicht leisten, abzulehnen oder besser: mich bei der Ebbe in meiner Geldbörse aufzulehnen. Der altbekannte Eselstritt aus der Fabel.
Was soll's! Eigentlich habe ich in meinem Leben schon ganz anderen Schabernack verfasst, ich werd's schon hinkriegen. Wer Höherem dient, dient eben nie sich selbst.
Daheim, an meinem Home-Office-Arbeitsplatz, versuche ich, mir ein Grundgerüst für einen Text aus den Fingern zu saugen. Ich beginne mit der telefonischen Recherche.
Der Speerwerfer lehnt jegliche Gespräche und Angaben ab. Schon mal Mist! Zeugen gibt es in diesem Fall zwar Hunderte, aber die werde ich auf die Schnelle kaum ausfindig machen. Bei der Polizei habe ich mehr Glück, durch meine Kontakte gelange ich an ein paar Namen, telefoniere und rekonstruiere mir den Hergang des Geschehens. Alle Aussagen weisen unabhängig von der Quelle auf einen tragischen Unfall hin. Der Getötete stand gemäß den Berichten unglücklicherweise in der Flugbahn des Speers und erlag seinen Verletzungen.
Diese blöde Idee mit dem Selbstmord. Bedrückend. Als wenn ich von diesem Thema nicht schon genug in meiner Familie abbekommen hätte. Warum bin ich nur so abhängig von diesen Idioten? Jetzt, wo es mir doch wieder besser geht. Wie soll ich mit all meinen Erinnerungen einen solchen Artikel schreiben. Mir wird übel bei so viel sinnloser Blutrünstigkeit. Als wenn das mit dem armen Kerl nicht schon schlimm genug ist. Um mich herum baut sich jetzt schon eine

Welt derer auf, die davon beeinflusst werden. Bitter ist das. Wie wird es wohl dem anderen, diesem Speerwerfer gehen? Für den ist das ja auch mehr als vernichtend.
Tief in Gedanken versunken, schreckt mich das Klingeln des Telefons hoch. Welcher Schwachkopf …? Mein Bruder. Manchmal hat er wirklich die Gabe, sich im richtigen Moment zu melden.
Wenig später mache ich mich auf den Weg zu ihm. Der Bus ist nahezu leer. Es riecht nach einer Mischung aus Diesel, Cockpitspray und Kunstleder. Ich sitze fast ganz vorne, lehne meinen Kopf gegen die kühle Fensterscheibe, gegen die ein satter Regen peitscht. Das geht nun schon seit Tagen so. Dauerregen pisst einem einfach die Seele zu. Meine geliebte Stadt, später der Wald und die Felder ziehen an mir vorüber, die Landschaft sieht gut aufgeräumt aus. Der Nachmittag beginnt, die Welt in seine trübe Umarmung zu nehmen.
Ich bin diesen Weg schon ein Weilchen nicht mehr gefahren. Trotz unserer häufigen Telefonate sehe ich meinen Bruder viel zu selten. Im Gegensatz zu mir ist er in seinem Leben viel unterwegs gewesen. Er ist richtig rumgekommen, hat sonst wo gelebt und gearbeitet. „Das beste Mittel gegen Fernweh ist Heimweh“, hat er einmal zu mir gesagt.
Dabei bin ich doch der Journalist! So richtig bin ich nie rausgekommen. Die Gegend hier hat mich festgehalten. Aufwachsen, leben, sterben. Bin eigentlich immer mitgewachsen, nachdem ich hineingeboren wurde. Meine eigenen Kinder bekam ich auch nur nach langem Warten vor dem Kreißsaal zu Gesicht

und in die Hand gedrückt. Als einziges Relikt der Geburt habe ich damals den verbundenen Nabelschnurrest an ihren Bäuchen gesehen, der irgendwann abfiel. Dann blieb nur noch der Nabel auf dem Bauch. Wahrscheinlich die einzige Narbe, die einen eigenen Namen hat.
Der Bus hält vor einer Schranke und tuckert monoton vor sich hin. Draußen: alles Heimat. Ich konnte sie nie loslassen und wollte es auch nicht. Mit der Heimat ist es eigentlich wie mit dem Busfahren. Manche steigen aus und machen Platz für andere, die neu zusteigen wollen. Wenn du selbst aussteigst, fährt der Bus weiter, und willst du wieder einsteigen, dann sind dort drin nicht mehr dieselben Leute oder sie haben sich verändert, sind älter geworden, tragen andere Sachen. Es ist nicht mehr die gleiche Fahrt. Ob daran beim Aussteigen jemand denkt? Vielleicht habe ich deshalb nie den Mut gehabt und bin immer sitzen geblieben.
Ein Zug saust vorbei, die Schranken öffnen sich müde und weiter geht die Fahrt, holprig erst über die alten Schienen und dann das Kopfsteinpflaster. War ich zu wenig neugierig? Eher zu ängstlich, zu mutlos. Manchmal war ich in voller Fahrt, hab aber wieder alles hingeschmissen. Zu traurig. Bremsvorgänge.
Der Bus hält. Nach dieser Ortschaft sind es noch zwei Stationen. Vor uns kriecht ein Lkw die steile Straße in Serpentinen hinauf. Man sieht nichts mehr. Wir fahren so dahin, ohne Weitblick. Gewöhnung. Das kommt mir bekannt vor. Wirklich bemerken tue ich es aber erst, als der Lkw plötzlich abbiegt und mein Blick wieder in die Weite vor uns schweifen kann. Wie

blind man doch manchmal ist, wenn sich vor einem alles verdichtet.
Mein Zeigefinger presst den Klingelkopf in die Tiefe, wenig später summt der Türöffner. Ich stehe im Flur, die Tür zu den Praxisräumen steht offen. Kein Patient, keine Schwester am Empfang. Ganz normale Räume heute, kein Biotop der zerrissenen Seelen. Ich gehe vorbei, stapfe die knarrenden Treppenstufen hinauf. Mein kleiner Bruder steht bereits kein bisschen klein in seiner Wohnungstür und nickt lächelnd. Wir umarmen uns schulter- und rückenklopfend. Warme, sonore Schläge über den Lungen. Wie gut das jedes Mal wieder tut! Er nimmt mir meine alte Jacke mit dem abgewetzten Kragen ab und hängt sie an die Garderobe. „Die ist wohl noch immer nicht für die Altkleidersammlung nominiert, was?! Aber schön, dass du da bist! Wie geht es dir?“
„Ein Diamant fault nicht!“, lasse ich ihn wissen. Er grinst und lobt: „Gut aufgepasst in Geometrie! Bin ja gespannt, was du auf dem Herzen hast. Komm erst mal rein.“
In kleinen Häppchen werfe ich ihm meine Probleme zum Fraß vor, und als sich für meinen Bruder schemenhaft ein erstes Bild zusammensetzt, erahnt er bereits die missliche Lage, in die mich mein journalistischer Auftrag gebracht hat. Ich verstumme und eine ganze Weile lang hören wir uns still vor uns hin atmen. Draußen hat es aufgehört zu regnen. Die Wolken dünnen aus und lassen durch das Fenster ein paar Schatten auf dem Fußboden erahnen.
„Lass es mich mal poetisch ausdrücken: Bei solchen Aktionen durchbrechen im See des Vergessens ein

paar alte, aufgeblähte Leichen die Oberfläche und schlagen Wellen an seinen Ufern, was? Wir konnten das damals alles nur schwer verarbeiten, du am wenigsten. Ich hab vieles noch irgendwie fachlich, pragmatisch einzuordnen gewußt."

„Weißt du, was ich mich frage?", raune ich ihm leise zu. „Wie wird es wohl diesem Speerwerfer gehen? Der ist ja Opfer und Täter in einem." Mein Bruder nickt.

„Der arme Wicht. Posttraumatische Belastungsstörung. Der wird 'ne Menge Vorwürfe gegen sich selbst hegen in seiner passiven Opferrolle."

„Was werden sie mit ihm machen?"

Mein Bruder zuckt mit den Achseln. „Gesprächstherapie, wenn sonst alles bei ihm in Ordnung ist. Aber das sind alles theoretische Vermutungen, mein Lieber. Mir ist viel wichtiger, wie es dir geht beziehungsweise bei dir weitergeht."

„Meinst du, ich sollte die Finger davon lassen?" Mein Bruder sieht mich an, skeptisch, und er braucht keine Worte oder ein Kopfnicken, um mir seine Meinung nahezulegen.

„Wenn dieser Spaßvogel seinen Scherzartikel von mir nicht bekommt, dann flieg ich da raus!", versuche ich ihm zu erläutern. „Das wird er mir nicht durchgehen lassen, auch wenn ich mich dieser Niveaukastration wirklich gerne entziehen würde. Ich werdc meinen Job verlieren. Und jemand anders wird den Artikel schreiben."

„Klar", erwidert mein Bruder und sein Ton wird schärfer. „Aber nur mal ein Gedanke: Vielleicht solltest du dir überlegen, wie du deine Vergangenheit

aufarbeitest. Sonst lässt dich das wieder nicht mehr los. Suche dir jemanden, der dir hilft. Ich stehe dir und unserem Schicksal leider zu nahe. Das würde nichts werden."
Nach einem langen Nachmittag mit Gesprächen ohne Entscheidungen komme ich wieder daheim an. Es herrscht Regenbogenwetter, aber weit und breit ist von meinem Fenster aus kein Regenbogen zu sehen. Gedanken wälzen sich durch meinen Kopf. Soll ich wieder versuchen, es selbst in die Hand zu nehmen, oder auf professionelle Hilfe bauen? Vielleicht schreibe ich den Artikel doch? Meinetwegen lasse ich der sensationshungrigen Leserschaft die Aussicht auf einen möglichen suizidalen Hergang. Aber für mich werde ich das Problem endlich auch auf meine Art aufarbeiten müssen. So kann es nicht weitergehen. Es muss was passieren.
Ich öffne das Fenster und atme den Duft der vom Regen gereinigten Luft ein. Endlich ist es wieder angenehm warm und ein Windhauch streift durch sonnenbefunkelte Blätter. Ein weiter, erhabener Abendhimmel hat sich aufgetan, auf dem gemütlich ein paar Wolken entlangklecksen, deren Schatten über die Erde huschen. Die lichtintensive Stimmung wird durch ein Vogelgezwitscher vertont. Die Freude der Tiere. Wie die wohl singen, wenn sie traurig sind? Mit dem Schließen des Fensters befinde ich mich wieder im Vakuum meines Arbeitszimmers. Das Glas sperrt die Geräusche aus. Der Computer summt leise. Im Internet finde ich tatsächlich einige Stiftungen, die Hilfe für Menschen mit Selbstmordgedanken oder bereits erfolglosen Versuchen wie auch für

deren Angehörige anbieten. Wie froh wäre ich damals gewesen, einen solchen Strohhalm zu finden. Manche Bedeutung verliert sich in der Vergangenheit. Aber vielleicht hätte sich alles in mir dann anders entwickelt. Wäre. Hätte. Verdammte Konjunktive. Eigentlich müsste man diese Leute unterstützen, ihre Arbeit der Öffentlichkeit zugänglich machen!
Ich drehe an der Kurbel der Spitzmaschine, während sich mein Bleistift langsam in sie hineinbohrt. Das wunderbare Geräusch des abschälenden Holzes. Danach hat der Bleistift wieder seine schlichte Vollkommenheit. Vor mir liegt ein Stapel leerer Papierseiten. Ich muss meine Erfahrungen nieder-, sie mir von der Seele schreiben. Dieser Auftrag hat mich unsanft zurückgeworfen, etwas in mir wiedererweckt. Dunkle Zeiten kommen gerne und ungefragt das ganze Leben lang mit. Vielleicht kann ich etwas tun für mich. Und auch für andere?
Ich krame in den Schubladen. Mein Tagebuch von damals. Unregelmäßige Einträge, Skizzen. Der Tag davor war noch schattenfrei, unbeschwert. Eine anstrengende Saison lag hinter mir mit wenigen Wochenenden daheim. Ich war die 400 Meter Hürden so schnell wie noch nie gelaufen, hatte mich für die Junioren-WM qualifiziert. Ich war der glücklichste Mensch auf der Welt. Alles selbst und hart erarbeitet. Dann die Heimfahrt aus der großen Stadt. Die Menschenmenge auf dem Bahnhof.
Wann war das? Ich blättere zurück. Rechts oben: der 30. Mai. Ich sehe noch das schale Licht eines verregneten Morgens durch das Glasdach schimmern. Dieser riesige Bahnhof. Tausende Male bin ich hier abge-

fahren und angekommen. Je größer ich geworden bin, desto kleiner wurden solche Orte meiner Jugend. So klein, dass sie irgendwann nur noch in meinem Kopf Platz hatten. Ich sehe es noch vor mir, wie der große Zeiger der Uhr auf dem Bahnsteig auf 9 Uhr kippt, dort kurz nachfedert und den Sekundenzeiger geduldig wieder in seine Kreisbahn entlässt. Ich habe meine Sporttasche geschultert, endlich geht's nach Hause …

Vielleicht ist das ein Anfang?

Mit dem einfahrenden Zug beginnt das übliche Gedränge an der Bahnsteigkante, die Leute nehmen ihre Taschen auf und jeder versucht einen guten Platz in der vordersten Reihe zu bekommen. Obwohl wie immer völlig unklar ist, wo die Türen letztendlich stehen bleiben.

EGO 1

Da schleicht auch schon der Zug an mir vorbei, hält fast ohne das ihm eigene, grässliche Quietschen und ich steige im Sog der übrigen Fahrgäste ein. Es sind glücklicherweise noch genügend Sitzplätze frei und einer davon sogar für mich direkt am Fenster.

Ich gehe in Gedanken die Einleitung meiner heutigen Vorlesung nochmals durch. Suizid ist ein spannendes, ein, auf die Ausbildung gesehen, paradoxerweise lebendiges Thema. Ich halte das Seminar zum ersten Mal und habe auch eine Patientin eingeladen, die

einen Suizidversuch hinter sich hat. Hoffentlich sagt sie nicht ab. Es war schwer genug, überhaupt eine Betroffene zu finden, die bereit ist, über ihre Sorgen und Ängste vor den Studenten zu sprechen. Aber in der Psychiatrie zeigt sich eben immer wieder, dass man am besten beispielorientiert lernt. Auswendig pauken hat wenig Sinn.
Nach der einleitenden Abhandlung mit ein paar Zahlen und Fakten zum Suizid, Einflüsse der Medien und der Kunst, werde ich, damit es nicht so trocken bleibt, vor der Patientin ein paar konkrete Beispiele bringen. Zu diesem Zweck habe ich ein paar Abschiedsbriefe kopiert.
Der Zug fährt an und wir gleiten wieder hinaus aus dem gigantischen Bahnhofsgebäude in das herrliche Frühlingswetter. Auf den vorüberziehenden Feldern laufen schier endlose Linien zum Horizont, als würden sie alle nur einen Punkt anstreben. Wie viel lieber würde ich jetzt hier draußen herumziehen und fotografieren, als mich in die dunklen Räume eines Hörsaals zu verziehen.
Ich krame in meiner Aktentasche und finde endlich den Ordner mit den Kopien von Texten aus dem kriminologischen Beweisgut der örtlichen Polizeibehörde. Beim Blättern durch diese Abschiedsformulierungen bleibe ich an einem Text hängen, den ich für gut befunden habe. Ich lege alles andere beiseite und beginne die letzten niedergeschriebenen Worte eines Lebens zu lesen. Eine schöne Schrift, scheinbar aus einem Notizbuch abkopiert. Sie passt gar nicht zu jemandem, der sich dem Tod so nahe fühlt.

„… Alles, was mir Freude bereitet hat, ist so weit in den Hintergrund gerückt, bis ich es schlussendlich ganz aufgegeben habe. Ich habe das Licht im Haus meiner Sehnsucht und Freude gelöscht, Zimmer für Zimmer, habe große dunkle Laken über die Möbel gelegt und die Türen verriegelt. Im Schloss meiner Seele war mir bald nur noch in der Küche und dem Schlafzimmer Leben möglich, alle verbliebene Energie trug ich dorthin. Nichts ist mehr übrig von der Erinnerung an all die hellen, sonnendurchfluteten Gemächer, durch deren Fenster ich die Vögel des Lebens habe zwitschern hören. Meine Traurigkeit hat mich so eingenommen, dass ich sogar den Weg zu manchen Räumen vergessen habe, nicht mehr weiß, welcher Schlüssel wo passt und in welcher Etage ich mich eigentlich befinde. Ich habe sogar Angst vor manchen Seitenflügeln meines Schlosses, in denen ich lange nicht gewesen bin, vermute Spuk und Geisterei und nehme manchmal ein fernes wehmütiges Säuseln wahr, welches der einstige Zauber dieses Ortes hinterlassen hat. Jetzt ist meine Seele ein Ort ohne Geheimnis, den die Magie verließ, weil sie ihn immer wieder ohne Geheimnis aufgefunden hat. Zu lange habe ich das Aufwachen unterdrückt und mich damit getröstet, jederzeit zurückzukönnen. Doch stattdessen habe ich mich immer mehr entfernt, bis die Küste verschwunden war und ich mir selbst fremd wurde …“

Wie poetisch und doch bedrückend. Ich lehne mich zurück, schließe die Augen und lasse die Sonne auf mein lichthungriges Gesicht scheinen. Ich erlaube meinen Gedanken, sich treiben zu lassen, und genieße das reine Fahrgefühl des Zuges, das immer ein so positives Vorwärts in sich birgt.
Wie viel Mut und Entschlossenheit, aber auch Feigheit, Verzweiflung und Egoismus in dieses Phänomen

Selbstmord hineinspielen, eine regelrechte Schnittstelle all dieser Eigenschaften. Was aber bringt diese Menschen wirklich dazu, den alles entscheidenden Schritt zu tun, diese Tat, ja ein Attentat auf sich selbst zu verüben? Ich meine, das ganze Leben ist doch eine Geschichte des Loslassenkönnens und jederzeit bereit dafür zu sein – im Reinen mit sich selbst und seinen Mitmenschen. So zu leben, dass man in jedem Augenblick unbelastet gehen könnte, ist eine große Kunst und Teil des Glücklichseins. Dem Selbstmörder ist all diese Umsicht abhandengekommen, es gibt nur noch ihn und sein Unglück. Er flieht, er desertiert aus dem Gefängnis seines Lebens, zeigt den anderen eine lange Nase.
All die Theorie reicht manchmal kaum aus, sich da auch nur ansatzweise hineinzufühlen, hin und her gerissen von dem Bewusstsein zu sein, dass es Zeiten gibt, in denen man in seinem Leben dringend etwas ändern muss. Und wiederum welche, in denen man darum kämpfen muss, dass alles so bleibt, wie es ist. Manchmal ist das der schwierigere Weg.
Ein leichtes Abbremsen des Zuges wird spürbar. Ich habe noch Zeit, ein paar Stationen trennen mich von meinem Ankunftsort, wo der hektische Teil meines Arbeitstages auf der Lauer liegt. Ich schlage die Augen wieder auf und entschließe mich, all den Lehrkram zurück in meine Arbeitstasche zu packen, mich für die restliche Fahrzeit der beruflichen Dinge zu entledigen und ein wenig mit dem fotografischen Auge das da draußen zu genießen.
In der Fensterscheibe haben sich zwei Bilder ineinandergeschmiegt. Wir sind aus dem gleißenden

Tageslicht des putzmunteren Vormittags in die Dämmerung eines kleinen Bahnhofes eingefahren. Die Zuginnenbeleuchtung wird aktiviert und flackert. Im Fenster erscheint mein verschwommenes Spiegelbild. Die Scheibe wird zur Grenzlinie der Innen- und Außenwelt des Zuges, in dem ich sitze.

Über den Autor

Toralf Sperschneider wurde 1972 in Sonneberg geboren. Er lebt in Jena. Sprache und Fotografie sind wichtige Ausdrucksmittel in seinem Leben. Es entstanden mehrere Buchveröffentlichungen, Fotoausstellungen, inszenierte und musikalisch untermalte Lesungen, Laientheateraufführungen sowie das Libretto zu einem Musical.

„Kleine Kreise" ist Toralf Sperschneiders erster Roman. Er hat keinen Literaturwettbewerb gewonnen, hat aber auch noch nie an einem teilgenommen.

Mehr von Toralf Sperschneider

www.Toralf-Sperschneider.de

Der UHU-Knigge.
Satirisches Sachbuch, 2011
Tricks und Kniffe zum Erreichen der Kohlrauschfalte eines unmittelbaren Vorgesetzten im klinischen Alltag.
ISBN 978-3940085436

Speralfs kleines Lyrikon.
Gedichtband, 2012
77 Gedichte aus 7 Jahren
ISBN 978-3940085504

Der weiße Weihnachtsmann.
Kinderbuch, 2014
ISBN 978-3940085924

JENA, Bakenberg. Ein Teilzeitrelikt.
Fotografie und Poesie, 2012
ISBN 978-3981435290

Danksagung

Meinen herzlichen Dank schulde ich Christiane Sperschneider (für alles), Cordula Kropik (für ein sehr frühes, aber konstruktives Gutachten), Katja Flade und Ralf Köbele (für ihre Fachberatung), Manuela Duppstedt (für das wunderbare Buchcover), Theresa Dittmar, Dirk Kindermann, Henning Pezca und Gunther Philler (für ihre fleißige Fehlersuche) und Ulf Sperschneider (sowieso).

9523760R00101

Printed in Germany
by Amazon Distribution
GmbH, Leipzig